那些年，那些事

NAXIENIAN NAXIESHI

张学兵 著

上海辞书出版社

序章

黄浦区，上海无可争议的中心城区。这里既有繁华的霓虹广厦，又有质朴的平民里弄，踏足这里的大街小巷，都能感觉到浓郁的人间烟火气，这气息让人时时感到一种来自生活的感动。

我孩提时代时，黄浦区那简直就是上海的代称。其实它的中心地位无非是因为有代表上海开埠的外滩，有号称“十里洋场”的南京路。在黄浦生活的人自以为是上海人中的上海人。在不算太久远的20世纪70年代初，东面过了黄浦江，西面出了徐家汇，北面的中山北路以外，住在那里的上海人也常常会用上海本地方言唠白道，昨天去上海买“物事”去了，他们心里的上海城就是老黄浦、老卢湾、老南市、老静安一带。

黄浦区的居民自诩为“上只角”的人，言下之意其他地方就是“下只角”。现在黄浦并了南市，又并了卢湾，老黄浦的人不无骄傲地自称是“黄浦一期生”，南市区的则成了“黄浦二期生”。而卢湾的居民不会自诩为“黄浦三期生”，因为卢湾的历史人文足以让卢湾的居民以老卢湾为傲。

老黄浦的文化底色毕竟是从“十里洋场”里浸淫出来的，中西交融的气质总能从一条条弄堂里和一座座老建筑里透出来。东西向的大马路(南京路)、二马路(九江路)、三马路(汉口路)、四马路(福州路)、五马路(广东路)、六马路(北海路)等依次从北向南排列，形成了中心区的纬线；南北向的四川路、江西路、河南路、山东路、山西路、福建路、湖北路、浙江路、广西路、云南路、西藏路等从东向西排列，依次形成了中心区的经线。纬线南端就是洋泾浜，今天的延安东路，经线的东端就是外滩，今天的中山东路。经纬相交，纵横交错形成的这种街坊格局，既便于车行通达，又便于人流回旋，就在这城市阡陌之中，每天演绎着大都市的风云际会，又积淀着老上海人挥之不去、难舍难分的陈年往事，它袅袅不绝地飘忽在已然蒙尘的陈旧记忆里，而那些记忆虽然日渐衰落，却依然影响着我们的生活习惯和行为方式。

其实，城市无论如何变迁，它总是活在我们的身上。

目　录

第一章

永远的会乐里

老式弄堂为我染上生活的底色

每当我路过西藏路福州路路口的来福士广场，心中总会泛起一种无可名状的情绪。 仅仅进去一次，也是为了感觉一下曾经的心理方位。 这样的商场在繁华的都市里可谓多矣，不同的是，这栋与上海鳞次栉比的商务楼并无二致的钢筋水泥建筑占据的土地上，沉淀着我的儿时记忆。

此前，这里是旧式里弄中小有名气的会乐里。 据史料载，1904 年，浙江南浔富商刘景德买下了这个地块，建成老式里弄，取名会乐里。 到 1924 年又改建成新式里弄，主弄左右各有 4 条横弄，弄门为简式牌坊，上写东一弄，西一弄等支弄名。 此时的会乐里共有 28 幢楼房，均为新式石库门住宅。 弄口设在福州路，号牌为福州路 726 弄。 会乐里的出名，并非是因其地段，而是因为在 20 世纪 20 年代至 40 年代，这里是旧上海名噪一时的妓院区，所谓“长三堂子”。 解放后，妓院被封闭，这条弄堂改邪归正，大批市民搬迁进会乐里。 20 世纪末、21 世纪初，旧区改造的铲车把会乐里从物质形态上消灭了，从此，会乐里彻底湮没在历史的尘埃中了。

然而，往昔的记忆常常会像幽魂般冒出来找寻寄托之所，场所既不复存，幽魂便无所依。 这大概就是城市人所谓的乡愁罢。

路过来福士广场，只要有时间，我就想在云南路、汉口路、福州路、西藏路合围的这片区域里走一走，脚步丈量中，找寻着童趣和自己孩提时的身影。在摩肩接踵、各种乡音杂陈的人流中，我常有一种“过来人”的心情，欲知前面路，要问过来人。我多么期望路人中突然冒出一个“发小”来，一声招呼打过来，该有多么亲切！然而，没有。这片老土地上的人基本上都搬迁到了四面八方。物是人非的感慨是上了点年纪的人独有的，何况现实是物非人非，这块故土改得很彻底，物理意义上、文化意义上都旧貌变新颜了，撞入眼帘的只是旅游者和购物者的面容，耳边听见的则是大量带着乡音的普通话。惟有记忆还存留着，却也只是在故人的心中，且都在老去。

有两次，我呆立在云南路上来福士广场地下车库的进出口边，心中的 GPS 反复印证，那正是会乐里东三弄的云南路出口位置。弄口是一个皮匠摊，两三步开外有一位瘦骨嶙峋的老者摆着一个小人书摊，弄口还有一只七个小炉口、供弄堂居民热菜热饭煮牛奶什么的七星炉，当炉火熄灭后，我们一些小顽童就在炉灶上跳上跳下耍着玩。

这七星炉下是我儿时的惊心之地，因为在那里我磕掉了半颗门牙。那是一年的夏天，我拖着木拖板，七哩括路地走过这里，要到弄口的老虎灶里泡壶热水，不料脚在地上绊了一下，一个前扑，眼看要摔倒，情急之下，我下意识地把手里的竹壳热水瓶抬高，不让它磕地，但是我的前胸和胳膊肘重重地撞在了水泥地上。我迅速地爬起来，庆幸水瓶完好无损，自己没摔伤。可是，嘴里怎么会有麻木感？伸手在嘴上一摸，才发现门牙少了半颗，急忙低头寻找，捡得半颗残牙，不声不响地捏在手心里，可怜兮兮地回家。外公外婆不相信摔跤能把门牙磕掉，遍访目击者探问其详。不料这一问，问出了一个令我难以抗辩的结果，有亲眼目睹者不知凭着什么记忆，逻辑推理出一个合理场景，振振有词地说我是从七星炉上跳下来，然后脚一崴摔在地上所致，而两位老人则对外人的说法笃信不疑，全然忘记了我是奉命去泡水的，手拿热水瓶站到七星炉上往下跳，情理上说不通啊——如果有人八卦一下，说我拿着一顶伞站到高处往下跳，倒还有点合乎逻辑。但在众口一词之下，我这个亲历者竟然一时也怀疑自己是否当时摔懵了，记不得事实了……

门牙摔断半颗，虽然出血不多，但牙神经外露带来的酸疼感难以忍受，只能在屋里厢大人的带领下到医院里把牙神经抽去。这种手术现在大家都知道叫“根管治疗”，以前我们都直白白地称之为“抽牙神经”。当年的牙科手术较之现在略显粗放，上了麻药后我只能从医生那戴着乳胶手套的手指间里看到有一根细细的、形如狼牙棒状的器物在已经凿开的断牙洞里捅进捅出——可能是清除牙神经，然后用填充剂把牙洞填满。完事后，医生交代说，这半颗牙留着，以后可以套接假牙。估计那时还流行镶金牙，医生为我留下了牙桩。

会乐里东三弄过去是弄堂居民的主要进出之地之一，我每天从这里出门，上小学步行七八分钟，去中学步行二十分钟。现在是商场车库的出口。我知道规划里有时也讲一些风水的门道，这位置兴许就是风水学上认定的“出路”，这是会乐里给现代建筑留下的遗迹吗？情感让我如此认定，尽管理智告诉我这很可能是牵强附会的。

会乐里不存在了，在上海历史档案中只留下了一个可以被人说长道短的旧名号。在拆除前，我拿着一部小型摄像机进入到已衰微破败、事过境迁的会乐里。如时光倒流，情景穿越，熟悉的生活场面又重现眼前。弄堂还是那么粗糙，生活还是如此真实。只是孩提时代眼中的大弄堂感觉小了，横弄堂显得窄了，业已搬迁过半的弄堂，已少了往日的活气。偶遇的老邻居看着我，似曾相识的迟疑、揣测让我莫名惶恐，全然是流光容易把人抛的光景，目光在相互流连中碰上了又错开，欲认还休的无奈袭上心头。我匆匆地拍下东三弄的门楣，在18号的黑漆大门外拍下了自家天井内的杂乱，拍下了熟悉而又陌生的总弄堂概貌，最后，站在“对马路”，即三元坊的弄口，镜头对着福州路726弄会乐里的牌坊，历历往事泛上心头。我曾经在信封的下部反复写过的地址将不复存在了。惆怅的思绪中，我脑海里跳出了六个字：“永远的会乐里”，以此为我摄制的短集命名，聊以自慰而已。

两张图位于同一地点。前者是会乐里东三弄的云南路出口,弄口是能传呼到弄内各家各户的公共电话间。后者是来福士广场的地下车库出口。此地的前世今生都是出口,是否有风水意义?

会乐里的门楣。当年的门牌号是福州路 726 弄。

之一　那些年，我们玩过的游戏

会乐里的地理位置是优越的，总弄堂口就在福州路，人民广场近在咫尺。在“文革”中，青少年中流行的“切口”——暗语，将人民广场称为“七十二盏灯”。那时的广场里，一根根石柱擎起的类似宫灯一样的照明灯大概是有 72 盏吧。石柱基座是石砌的大圆盘，敦实且漂亮。圆盘的缘口有两层，底下那层可供人歇脚、坐着晒太阳或乘凉，小孩子则在上面那层攀上爬下闹着玩。在我们会乐里的圈子里，人民广场就等同于人民大道，那时候我们小伙伴吆喝着到“大道”里白相，踢球、练自行车，甚至约架。那些打群架的进了派出所，就说进“老派”了；从派出所放出来，就说出“老派”了。进出“老派”次数多的，自然就成了孩子王，人称“一只鼎”。

最令人期盼的当然是十月一号晚上放焰火。烟火在人民广场毗邻的人民公园发射，坐在弄堂里的石库门前看焰火赛过电影院里的一排一座。那是会乐里居民骄傲的时刻，因为亲戚朋友会在道路交通管制前早早赶来，蹭在左邻右里的竹榻、藤椅、长凳、小方凳、小矮凳上看焰火，享受“上只角”人的独门荣耀。

到了第二天，我们小伙伴三五成群地赶在清洁工扫街之前到大道里捡拾“焰火头子”，就是焰火燃烧未尽的火药子。那是一些一二公分长，直径在半公分左右的圆柱形银白色的物体。为了这些小东西，小伙伴们满广场找寻。眼神好的，捡得一小包回家，在弄堂里将几个小东西用废纸包起来，擦火柴点着纸，引燃小东西后，这些火药会喷射出各种炫丽的火花。有一次火点燃后，我就爬到旁边人家的窗台上看，不料一束火花直奔我脸上而来，我本能地用手挡脸，手背上有一处顷刻被灼伤成白色，痛得我即刻跳下窗台，三步并作两步地冲到自家后门灶披间水斗旁，拧开水龙头冲洗。留下的点点疤痕，隔了很多年才褪去。

会乐里主弄和横弄四通八达，这里是孩子们的乐园。孩童时代的我们前弄堂进后弄堂出，追逐打闹，从自家前门天井、客堂进，又从后门灶披间出，嬉戏玩耍“官兵捉强盗”，直到夜幕悄悄降临，弄堂里昏黄的灯光亮起，在各家父母“阿五头、小六子快点回来吃夜饭喽”的呼唤声此起彼伏时，才一头汗水地回家。如今这种富有穿透力的呼唤声在居住区里似乎已成绝响。只要一想到暮色苍茫里那一声声呼唤，我都不禁怦然心动。已然不可再得的，还有这种可以到处穿堂过户、追逐嬉戏的空间和“撒野”的乐趣。

那个年代，玩具的匮乏，却成全了人和人交往的机会。现在的孩子，物质上变丰裕了，整天和手机、变形金刚等机械结伴玩要，缺少的是打闹带来的欢娱。有心理学家经过研究，对孩子的喜欢打架作过人性化的解释，认为孩子离开母亲怀抱以后产生了“皮肤饥饿”，打闹行为实质上是一种心理补偿。

以此推理，越是没父母疼的孩子越不自觉地要打架，似乎就变得可以理解了。

想当年，我们在弄堂里玩“瞎子摸人”，用手绢蒙住眼睛，然后在一个既定空间——通常是石库门的天井或客堂里用手摸人，空间狭小有限，凭听觉能摸到灵巧度差一些的玩伴。被摸到者就成为下一个“瞎子”，直到摸到替代者为止。虽然是小孩子的游戏，却也逃脱不了“男女搭配，干活不累”的道理，非要有男有女一起玩大家才有劲。

与此相接近的还有“老鹰捉小鸡”，区别是扮演老鹰的不用蒙眼睛。扮演老母鸡的身材要高大些，小鸡们依次搭住前面小伙伴的腰，排出“一字长蛇阵”。“老母鸡”伸开双手尽力护住后面的“小鸡”，“老鹰”则要千方百计越过“母鸡”捉住“小鸡”。在激烈的嬉笑逐闹中，大家的身心都得到了锻炼。

还有一个游戏叫做“我们都是木头人”，就是大家伙在一起，一声口令后，大家都自选一个动作并保持不动，浑然如木头人一样，谁动了谁就输，即使只是动了眉毛、发出笑声也不行。所以口令一出，大家都屏息宁神，但常常有在互相对视中忍俊不禁者，因为笑出声来而告负。

男孩子的尚武精神是天生的，会乐里一帮人特别喜欢玩摔跤，一群野小鬼(上海话把“鬼”读作“ju”，音同“居”)的荷尔蒙在肉搏中尽情挥霍。没有教练，但能无师自通，在“战斗”中学习“战斗”，一番跌打滚爬后就学会了摔跤的技巧性动作，如“大背包”“小背包”“扫荡腿”“锁手”“伴腿”“反关节擒拿”等等，伙伴们摔得不亦乐乎。

“文革”中弄堂里时兴练身体，没有器材就自制，练臂力的哑铃是水泥浇制的，练胸肌的杠铃有时就用三轮车上带有两个轮胎的轮轴代替，练完后肌肉膨胀，即刻用皮尺丈量，显示成绩，相互秀肌肉，此情此景颇像一只只发情的小公鸡。

那时候弄堂里流行着一句话：“配模子。”身胚，在弄堂切口里即“模子”，“配模子”就是通过打斗比谁的身胚好。我们会乐里出了一个大模子，对面的三元坊一定知道，隔壁的福祥里出了大模子，我们和三元坊也一定晓得。然后，好事者就会撮合“配模子”。“配模子”定在哪一天，周围弄堂的小鬼头奔走相告，广而告之，以便到时各自选边站队、摇旗呐喊。等到“配模子”结果出来，再给得胜的大模子冠以某某地方“一只鼎”的封号。想想也是，那些年头没有书可读，练不了脑子的小青年，只能练身胚了，以至于练了身胚总要找人配模子。只要有配模子的对象，不要告诉对手的身高体重，不要告诉对手自己姓甚名谁，只要告诉时间地点就行，全然一副一往无前的“大无畏革命精神”。前一段时间在报章杂志上看到颂扬“上海爷叔”的桥段，说的是有人在国外旅游时遇到当地坏人寻衅滋事，在危急关头，一位年过半百、头发花白、貌不惊人的上海爷叔，路见不平，拔刀相助，一个过肩摔的“大背包”将坏人摔倒在地，周遭围观的人无不瞠目结舌。其实也不奇怪，这样的年龄，这样的模子很有可能就是在那个年代里摸爬滚打出来的，童子功不易忘，一到关键时刻，条件反射，弄堂里的功夫说来就来，别看它有时未必专业，但是一定实用。

除了摔跤，弄堂里还时兴练习拳击，什么左勾拳右勾拳的，昨天学来今天就找人对练，打得鼻子出血了就去和平商店，讨得一点刨冰，放在鼻梁上冰镇一下再练。也有练武术的，不过那时候太极拳在年轻人里吃不开，少林拳则是热门，因为实战性强，张牙舞爪地学了一点皮毛就在弄堂里炫耀，只是弄得其他人不敢轻易惹他而已。我有一个要好同学平素挺老实斯文的，但家庭出身是小资本家，“文革”中也就成了抬不起头的“小兔崽子”。有一天他神秘兮兮地找到我说，他跟一个师傅学了一种上海滩最厉害的拳法，叫做“形意拳”，此拳模仿了虎、熊、马、鹞、鸡、蛇、猴、鹰、燕、龙的动作，故又称“十大形”，会了这种拳法，什么样的拳都能对付，就再也不怕被人欺负，也没有人胆敢欺负了，话毕即给我亮了一个动作，告诉我这叫“虎抱头”。一次逮着机会，他在好斗的几个同学面前表演起了“形意拳”的动作，表演者煞有介事，旁观者惊骇莫名，一场武术秀过后，果然再没人招惹他了。

现在时兴打羽毛球，我们当年只有条件打板羽球，三根鸡毛插在一个圆形橡皮包着的软木中，称之为三毛球。还有一块现在市面上已经看不到的、比乒乓板大一圈的羽毛球板，硬板打三毛球的乐趣一点不亚于打羽毛球。比赛为六分制，赢者续打，“摆大王”，输者下场，大家轮流上阵。有一天我超水平发挥，连续摆大王几个小时不下场，谁料乐极生悲，当天晚上即发烧到39.8 ℃，烧几天不退，住进了仁济医院。诊断下来是急性淋巴结炎，后来医院又说是淋巴结核，旧时老人们称这种病叫“疬子颈”，说不治愈的话会把脖颈烂穿，听着都让人害怕。由此我脸朝天花板卧床一个多星期，烧退后下床，小腿肚直发抖。出院后连续几个月每天下午三四点钟都有几分热度，于是又服了一段时间的药，是一种白色的片剂，药名叫“雷米封”。其实是否结核病医院并没有确切结论，但把药先吃上了。“雷米封”的学名叫“异烟肼”，是药物界的姥姥辈了，如今听说这老兵有了新传，因为它对犬类有很大的毒性，所以有人把它夹在香肠等食物内诱杀流浪狗。老话说，祸兮福所倚，在养病期间我才知道食品中还有麦乳精、蜂王浆什么的，麦乳精不仅可以用水调一调冲着喝，还可以趁大人不注意，不动声色地直接舀一勺放进嘴里不声不响地抿着吃，独享满口的香甜。

玩要是孩子的天性，虽然当年玩具金贵，常常是赤手空拳，但小孩们照样乐此不疲。我们玩过跳“山羊”，玩伴们轮流换角色，做“山羊”的，站直后弯腰 90 度，跳者一段助跑后借势双手撑在“山羊”的背上跳过去，然后互换角色。这游戏要求“山羊”撑得住分量，练的是腿部和腰部的肌肉。而跳者练的是手臂肌肉，练的是手脚并用的协调性。

还有“斗鸡”，玩伴们把一条小腿抬起来，用手抱住搁在另一条腿的膝盖之上，形成一个可以“战斗”的三角，另一条腿则金鸡独立，跳跃着与对手搏杀。那个用于搏斗的三角或撞、或顶、或撬、或压，斗者互相角力，比的是力量，比的是技巧，比的是耐力，是斗志，更是气势，只要有一股一往无前的“亮剑”气势，胆小的一方有时会不由自主地把腿放下投降了。“斗鸡”既可一对一斗，也可一对多斗，也可多对多斗，大冬天里一场斗下来，定然汗流浃背，内里的棉毛衫裤都会湿透。那时我们这些看似营养不良的熊孩子还真是经得起摔，摔倒在地也就是磕破点皮，很少有摔成骨折的。

还记得斗火柴棒的游戏。火柴棒，我们称之为“自来火棒头”，那时家家都有火柴，不抽烟的人家，每天也要生煤球炉子的，用过的自来火棒头就成为游戏工具。火柴棒有粗有细，材质上也有些许差异，斗自来火棒头，就是比谁手里的棒头坚韧。一根棒头支撑在食指和拇指之间，双方各支一根对顶，断裂的输，几回会之后斗赢的那根就是“大王”。为了保护“大王”，增加“大王”的成色和威风，我们会用画图的蜡笔为“大王”上色，既漂亮，又增加了“大王”的善斗性。所以，闲暇时在地上捡拾用过的自来火棒头也是小伙伴们的“功课”。走笔至此，忽然想到，当年我们这些城里的孩子贪玩，日落时分在地上捡火柴棒时，也许农村的孩子正在这黄昏时分捡拾田头的麦穗，这真是一组让人心情复杂的对比！进而又想到，这两种活动虽然目的截然不同，但是同样要走路弯腰，这不仅有利于健身，而且满足了物质或精神的需要，这比现在纯属健身的散步似乎有意思多了。

那些年，我们的游戏成本低，基本上是因地制宜，游戏的项目也男女皆宜。每天黄昏时分放学回家后，总有时间放飞本属于孩子的天性，没有现在那么多的回家作业，也没有“不让孩子输在起跑线上”这种可怕的“咒语”，书包一放，弄堂里各种游戏就登场了。那时候的游戏很多是在弄堂的水泥地上玩的，可谓是接足了地气。掴香烟牌子、打弹子、跳格子造房子、顶橄榄核子、顶石卵子等等，不一而足。

20世纪初从欧美引进的香烟，都是软包装的，厂家为了使烟盒挺括些，也为了做广告的需要，就在软烟盒中衬一张硬纸片，纸片上有彩色图案，内容有戏曲类的、古典文学类的、仕女类的、服饰花卉类的等等，这硬纸片就成为了我们玩乐的“香烟牌子”。玩法就是将一张香烟牌子放在地上，对方手持另一张香烟

杨维昌　作

捉迷藏。不按规则出牌的调皮鬼会在伙伴们藏身后自顾自回家，趴在自家的窗户后面看玩伴们反过来找他。

打弹子
（IC Photo）

杨维昌　作

杨维昌　作

牌子用力掼向地上的那张，如果地上的那张被掼得翻过来了，掼者就赢了，就能把地上那张据为已有。赢得多的就常常把所有的战利品捏在手上，在同伴中巡游“豁胖”。

所谓打弹子就是将一颗玻璃弹子放在地上，人取蹲位或站位，将一颗弹子捏着手上用拇指弹出，击中地上的那颗即赢，并能赢得弹中的那颗。那时的弹子有实心的和花心的，当时在我们的眼里都是稀罕的玩物，尊称其为“水晶玻璃弹子”，即使这些弹子表面被打得千疮百孔了，也舍不得丢弃。

所谓“跳格子造房子”的玩法更简单，用白粉笔在地上划出一个个方格子，玩者或用双脚并脚跳，或用单脚跳，要求都跳在格子内，跳进格子多者为胜。这种游戏最伤的是鞋子，鞋底在水泥地上磨薄磨破了，鞋尖被脚趾顶穿了，让不少人家的父母心疼不已。

吃剩的橄榄核子和捡拾来的石卵子也都是我们的宝贝玩具，把一颗橄榄核子或石卵子放在地上，人站直了用另一颗瞄准地上的那颗落下去，把地上的砸得移位了就获胜。

当然女孩子更青睐的是踢毽子、跳绳子等，这两种游戏倒是延续至今依然不衰，但是在我看来，现在的水平真是大不如前。

最近，我在网上看到彩色的游戏棒又复活了。当年一小桶游戏棒八分钱，游戏时把五颜六色的这一小桶棒捏在手中，然后松开，让游戏棒自然地撒落在桌面上，形成棒堆，游戏的过程就是两人或多人轮流把一根根游戏棒从棒堆里小心地抽出来，要求不能触碰到任何其他棒，一旦碰动了其他任何一根棒即输，最后谁抽出的棒多谁获胜。这个游戏要求游戏者静心、细致且有观察力，操作时要屏息静气才行。游戏棒里还有两根是金色和银色的，号称“金箍棒”和“银箍棒”，谁能把这两根棒从撒开后堆叠在一起的棒堆里抽出来，得到的分数就最高。

这里还值得一提的是当年流行在女孩子中的“翻麻将牌子”。用布料做成一寸见方的小布袋，里面装上沙子或者小石子，也有装进赤豆、绿豆、米粒的，分量依个人喜好。游戏时，桌上放着数块麻将牌，玩时用手将小布袋扔向空中，要在布袋落下之前迅速地将桌上的一个或数个麻将牌翻个身，同时用手接住掉下的布袋，依此往复将桌上的麻将牌全部翻一遍，以抛布袋次数少者胜。如果布袋落下未接住，立马就输了。这个游戏考验的是游戏者的身手敏捷度。

记得“挑绷绷”游戏吗？这游戏也叫翻花绳，男孩女孩都能玩。用一根长长的棉纱线，将两头打上结，两手食指并用勾来勾去，将棉纱线绕出各种花样，如金鱼、钱包、花篮、钻石、蜘蛛网等等。这游戏可以一个人自己玩，也可以两个人玩。两人玩时，一人绕出一个花样，一人在这个花样上再用手指勾出新的花样，在这翻出新花样里体现想象力，体会创造的乐趣。

那些年，没有钱买玩具，但是却激发了孩子们就地取材，“无中生有”的创造性。一个吃剩的药水瓶里放上肥皂水，一根吸管将肥皂水吸进管里，然后噘起小嘴吹出一个个五彩缤纷、或圆或椭圆的肥皂泡飞向空中，看着多姿多彩的肥皂泡在阳光里飘逸，心里祈愿梦幻般的泡沫不要在眼前破灭；看着身边的比自己还小的懵懂小儿追逐着七色气泡奔跑，心里不免美滋滋的，享受着被簇拥的感觉。想来人可能都具有自娱娱人、受人追捧的初心，在一些景点，我看到游客买了鸽食喂鸽子，让一群鸽子绕膝逐食的场景，总会将它和小时候吹肥皂泡，“起蓬头”，让人逐闹的情景叠加在一起……

那时候我们读过的课本和用过的练习本常被“废物利用”。我们把书本里的纸张撕下来，做成“纸头的田鸡”：把头折叠得尖尖的，叫做“火箭式”，把头做成方方的，嘴部可以开合的，叫做“癞蛤蟆式”，游戏方法是双方各占桌子一头，将参战的“田鸡”放在自己面前，蹲着用嘴吹动纸田鸡蛙跳前行，两“将”相斗，被顶翻的一方告负。规则是不能用嘴把对方的“田鸡”吹翻，做“田鸡”的纸张质地、厚度必须一样。所以那时能觅得旧画报就如获至宝，因为画报纸厚实坚韧，做出的“田鸡”挺括漂亮，这种折叠得平整的“田鸡”被吹动起来，有节奏向前跳动的姿态煞是好看。这里凭的是口吹的技巧，要使巧力，吹的力量要适当，气息要悠长且平稳可控，尤其是双方的田鸡相撞之际正是双方“斗气”的关键时刻，如果一味使蛮力，即使吹得唾

暑假里撕下练习本的封面做个纸飞机，放飞假期的心情！

沫星子乱飞也无济于事，不是犯规就是把自己的田鸡吹翻了。那时我们的小手还真是好动而灵巧，自制的玩具得来全不费功夫。做功课无聊了，就撕下一张废纸，用手折叠出一架“飞机”，张嘴在机头上哈口气，祈愿飞机飞得高远，然后奔跑两步将纸飞机“咻”地送出去，让纸飞机拉出一条漂亮的弧线。那时候我们玩折纸能玩出多种花样，其中有一种叫做“东西南北风”的折法，因为折好后可以用两个拇指和两个食指从里面撑开，恰似“东南西北”四个方向，也有以撑开后的形状为其取名叫“老虎脚爪”。撑开后形成八个面，每个面都写着一些自己想到的话，其中有的寓意吉利，有的则相反。游戏时让人选哪一面，然后再撑开展示被选中的内容，以此考验各人的运气。可惜，我现在已经全然忘记这种折纸法了。

春秋两季，有风的日子里，我们会自己动手制作简易的风筝，在我们弄堂里，大人小孩都将其称呼为鹞子。鹞子本来是一种小型猛禽，学名叫鹞鹰，孩子们沿袭大人们的叫法把风筝叫做鹞子，可能是希望翻飞的风筝如飞禽般生猛吧。在放飞风筝的季节里，店里和小摊上都有各种好看的风筝卖，但是对孩子们而言实在价格不菲，一旦风筝断线了或者缠在电线杆上了，就成了“一枪头”的买卖。所以更多时候我们是自己制作，既能体会手工创作的乐趣又节约放飞的成本。制作路线很简约，是极具草根性的那种：弄来一些有韧性的稍厚实的纸，将其剪成平行四边形的几何图形，用两根细竹片呈十字对角将纸片四角粘牢，然后取一些废纸剪成长条首尾相接，为鹞子粘出长长的尾巴，最后在竹片交叉的十字连接处系上绳头。趁着有风，我们拿着自制的鹞子，到人民广场迎着风跑起来，边跑边放线，让身后的鹞子尽可能地飞向蓝天。与其说放飞鹞子，不如说放飞自己的心情，因为人的双脚在地上走，心却常在天上飞，人处一隅，总希望能驰骋在更广阔的天地。看着别人放的风筝，自己的心里不会有舒畅感、满足感，自己的鹞子被别人放更是一百个不愿意。所以自己的鹞子一定要自己放，而且自己放的鹞子最好自己生产的，那才是一种境界。当鹞子飞到一定高度后，我和小伙伴们“站定乾坤”，目光高远，将业已绷紧的线紧紧地攥在小拳头里，生怕鹞子断线飞走。那时候，把鹞子放飞得最高的那个伙伴，脸上的神情一定是肃穆端庄的，隐藏着的是内心的得意和满足。

放飞鹞子是有一定技术含量的，老人们把不看好的事情形容为“床底下放鹞子”，意为不妙，这自然是打趣话，放鹞子一定要到空旷场地倒是实打实的硬道理。放鹞子要在有风的日子，而且要巧用风向，鹞子升空后手上的绳子要借着风力时紧时松，这样不仅能把鹞子平稳地送上高空，而且才能体会出鹞子扶摇的婀娜多姿。即使在城市的空旷地，也少不了电杆和架空线，还有高低错落的树木，稍不留意鹞子就被它们钩住，这时候心急的朋友就会猛拽绳子，结果可能“绳断鹞亡”。正确的方法是放松绳头，待一阵风起时轻轻扯动，让自己心爱的鹞子借助风势摆脱纠缠。时光飞逝，倏忽之间，老之将至，但每到放飞风筝的季节，看到空中鹞子的影子，还是童心不泯，盼望着还能聊发少年狂，让心情有机会放飞。

玩物丧志，是古人所言，但也不免有失偏颇。那些年我们钟情的不少游戏都锻炼了我们的体力、毅力，有的还具有相当的竞技性。其中有代表性的是“滚马桶圈”，听来名称不雅，玩好了不易。马桶圈就是箍马桶的铁圈，玩伴们用铁丝做一个弯钩，将马桶圈立起来，手持铁丝钩将圈钩住，然后边走边推着圈向前滚动，圈倒下即输。游戏虽简单，但难在持久。要求腿脚有力，步伐稳健，动作协调，人、钩、圈一体，手上要有“软硬劲”，眼睛要注意路面的平整，小心避开坑坑洼洼，即使碰到了磕磕绊绊也要及时调整，恢复平衡。那时候时不时地能看到邻家孩子们在弄堂里滚马桶圈，从大弄堂滚到小弄堂地练习。然后再到马路上卖洋(显摆)技术，无奈路政方面缺钱养护，上海滩路不平，为了找平地，只能将马桶圈一会儿滚在非机动车道上，一会儿滚到上街沿上。有一次，附近几个弄堂的“滚友”互相不买账，要开展比赛，凭着争强好胜的匹夫之勇，其中的一个高手一口气屏牢，从人民广场出发，竟然一骑绝尘将马桶圈滚到了杨浦区，大获全胜后，断命的问题来了，获胜后，气松了，人疲惫不堪，又不舍得乘公交车，只能再硬撑着一路走回来。这是令今人难以想象的一个记录，也是难有机会复制的一个“壮举”。这让我联想到可以类比的一个点位，就是现代人的遛狗。养宠物狗的每天牵着狗绳散步，是人遛狗还是狗遛人且不说，有利健康是不假，这遛狗和我们小时候滚马桶圈不是有异曲同工之妙么？不过从健身角度看，滚马桶圈经济实惠而且更具有技巧性，不仅锻炼体力而且培养毅力，重要的是还宣示了“穷且弥坚”的娱乐精神！

当然那些年，我们不尽然都是没钱的“穷白相”，如斗蟋蟀，那时有些小钱就混到黄浦区连云路的花鸟市场上买几只玩。一般要挑头大些的，因为据说头大牙齿也大；挑腿长些的，因为腿长扒得稳，抓地的力量也大，不容易被斗翻。有时候小伙伴们也会约着去公园里或城郊结合部去捉蟋蟀，不过最远也就从市中心走到现在的彭浦新村一带。我们在石头缝里翻找，因为据说石头缝里的虫子比泥地里的凶悍。侥幸捉到了几只，放入小的竹筒里，再放些饭粒进去，用棉花将管口塞住。斗蟋蟀时，双方都小心翼翼地拿出小竹筒，将自己的宝贝倒入盆中，中间人用丝草引逗双方“战将”，勾引它们露出“獠牙”，振翅亮相，进入厮杀。几个回合下来，总有败下阵来的，输得惨的，会被胜者甩出盆外，有的还会被咬断一条腿。有时输的一方主人不买账，把自己的“爱将”捧在手心，向空中抛三下，再放入盆中，此时败将可能会斗志再起重复投入厮杀，不过翻盘的胜算不多。

到了夏天，时兴养热带鱼了。弄堂里自己做鱼缸，将捡拾来的旧铁皮剪裁成长条状，在角铁上敲成直角用铆钉拼接出铁皮架子，买来两毫米厚的、切割好一定尺寸的玻璃，用白水泥做黏结材料，简陋的鱼缸只要不漏水就行。原来人们都养金鱼，喜欢金鱼的雍容华贵，欣赏它游动时的那种从容富态相，后来又兴起养热带鱼，因为大家觉得热带鱼漂亮，种类有孔雀鱼、红剑鱼、黑玛丽、虎皮鱼等，其中最接地气的当数孔雀鱼，它色彩绚丽，而且可以忍耐十度左右的水温不致死亡，而大多数热带鱼对水温的要求都在二十多度。由于其繁殖快，所以价格便宜，刚刚入行者一般都从养它起步。为了觅得鱼食，我们从人民广场一路步行向北，沿着西藏路到天目中路过旱桥，顺着共和新路过闸北公园到汶水路捕捉鱼虫。当时那里是片片农田，是我们双腿可以企及的最近的所谓农村了。捉鱼虫的工具也是自制的，也就是一根细竹竿头上用铁丝做一个圈，在铁圈上做一个网兜，有时图省事，就将破袜子扎在铁圈上。我们找到背阴的小河，看到这一群群粉红色浮游生物欣喜万分，兜起鱼虫放进自带的各种容器里，每捞一兜就意味着省下五分钱。养热带鱼对水质也有一定要求，自来水里有余氯，所以我们都要把自来水放在缸盆里存几天再用。麻烦的是过了秋天，随着水温下降，鱼儿的难关到了，有点经济条件的会买来木炭为鱼缸加温，但不少人家由于没保温措施，只能让鱼儿都“无疾而终”，等到来年重新再来。这样的养鱼想来有些残忍，鱼儿从进门那天起就注定了结局。

游戏是不分年龄的，任何年龄段的人都有游戏的兴趣，虽然有人喜欢独乐乐，有人喜欢众乐乐。游戏，在不同时代有不同的玩法，但是从本质上说，游戏都应该是一种社会活动，通过游戏的过程促进人际交往，以至于一些情感乃至思想，在游戏里得到潜移默化的滋养。游戏的器械只是媒介，如果游戏中的人只与器械打交道，缺少人与人面对面的接触交流，人的社会交往能力就会弱化；在游戏中，人对玩具的亲近倘若超过对人的亲近，就会无形中销蚀人的社会属性。从这点而言，那些年我们玩过的游戏虽然简陋，却可能更接近游戏的本质。

每个时代都有其自带的乐趣和精彩。这世界上有些事其实真的和钱财无关，比如人文教养，有钱未必就能镶上金边，没钱也未必就失去清贫所独有的高贵。我们小时候少有玩具，更不可能有电子游戏玩，但是却实实在在和人面对面，这种社交是带有温度的。面对日益智能化的机器人，我常发奇想，当机器人变得富有情感，越来越像人，而人却被各种器械包围着，接受越来越多的机械式服务，人日益趋向于机械化，甚至可以免去一日三餐的美食享受，用营养液即能维持生存，那将是一个机器人和人类倒错的时代。物质丰富、科技发达把人变成“非人”，而过去那种朴素无华的生活则将成为现代人难以穿越回去的念想。

之二　那些年，弄堂里的冬寒夏暑

相对于激情的夏季而言，会乐里的冬天和其他石库门弄堂一样，是略显孤寂冷清的。那时候，暖冬似乎很少青睐申城，零下八度的天气并不鲜见，一个冬季下几场可以没过小腿肚子的大雪也是常有的事。里弄房子没有空调、地暖御寒，屋内屋外的温度相差无几，于是人们的穿着没有在外和居家之分，在家里也是棉袄、棉裤、棉鞋、棉帽一样都不能少。外套里面还少不了尼龙裤、棉毛衫、绒线衫，头颈里还有绒线编织的领套。一身冬衣是内外兼用，如包粽子一样将衣服裹在身上，人就显得木知木觉了。冷入骨髓躲无可躲时，不少人家就把煤球炉子拎到屋里取暖，女孩子再用开水冲个橡皮热水袋捧在手上，就算是奢侈的享受了。家里其他人要暖手的话就用一个 500 cc 的盐水瓶灌上开水，瓶身放在一个布制的套子里，捧在手里取暖。那时候大人、孩子常有手上生冻疮的，红肿突起的样子，看上去煞是可怜。一到气候回暖，那冻疮又发痒，忍不住的就去挠，弄不好还会溃烂。天冷干燥，不少人手上脚上脸上的皮肤开皴，那时并没有什么蜜、霜、膜之类的花样产品，经济实惠的护肤用品是蛤蜊油，

石库门客堂楼的朝南大窗

蛤蜊油
(IC Photo)

就是将白色的润肤油盛放在蛤蜊壳里，五分钱一个，是每家每户的必备用品。现在花里胡哨的化妆品太多了，人们又开始怀念较少化学成分的蛤蜊油。有一次我在南京路步行街上看见了兜售蛤蜊油的小摊，但是当年的下里巴人一旦登上大雅之堂也立马身价暴涨，一盒竟然也要卖到几十元了。当年比蛤蜊油更实惠的还有水剂的甘油，不但可滋润皮肤，还可以涂抹干裂的嘴唇，舌头一舔还甜丝丝的。可能护肤品总是白色的或无色的显得不够温暖，后来出现了一款粉红色的防裂膏作为蛤蜊油的升级版，8分钱一小盒，去学校里上课的小棉袄内都会有这么一盒配置着。再高档一些的当数香气袭人的雪花膏，男孩子闻得而难得一用，否则似有娘娘腔之嫌；不过大人如果带孩子“出客”去，也会在孩子的小脸上略施粉膏，赢得个香扑扑的小脸去讨人欢喜。

我家住在客堂楼的好处就是阳光充足，大清早带着热量的太阳光直接从朝南的八扇木头框的长窗外直铺进来，那时的窗户可都是木制的哦，做工精致，全部榫卯结构，不用一颗钉子，严丝合缝且坚固耐用。窗户的打开方式一律向外，不占屋内空间；向外推开可以直到一百八十度，推出不同的角度可以引入不同量的、从不同角度进来的风。与此相比现在大多是移动拉开的窗户设计，再也没了进风的角度，更没了推窗的那份独特的意境和美感，更别提有些商务楼硕大的玻璃幕墙中的窗——那也配称作窗户，而且竟然也好意思叫推窗——岂知道这种推窗只是在窗的下沿推出一条缝，可能是为安全计，但显得够小气的，人的视线只能向下看，恍惚间有窥视的感觉，全然没有极目远眺的舒心感了。把联想拉回来，在晴朗无风的白天，我家的朝南窗户全打开时，大半个房间都沐浴在暖暖的阳光里，连同睡觉的大床上也被阳光普照，显得生气十足。这时前后厢房的邻居就挤到我们房内“曝太阳”，不用倒茶端水，只是闲坐聊天。如果是临近过年时分，家里的钵斗里水浸着配给供应的长条年糕，我们就会把煤球炉子拎到房间里，把夹煤球煤饼的火钳洗干净了，叉开横放在炉子上，上面搁上几条年糕慢慢烤。冬天里，处于四肢血管末梢的手脚最冷，烤年糕时手掌就一个劲地和煤球炉套近乎，一双脚上穿着蚌壳棉鞋还嫌脚趾冷，所以也往炉膛边凑。不一会儿年糕的香味就在房里弥漫开来，邻居们嚼着烤年糕聊着家常话，这冬日里的暖意和邻里的亲情使得大家暂时忘却了外面的地冻天寒。

到了寒风肃杀的冬夜，外面世界没有什么夜生活，连弄堂里的路灯也是无精打采，昏暗不明。会乐里家家户户早早地关门落栓，用开水冲好汤婆子，再用一只帆布袋将汤婆子包好、以免烫伤皮肤，汤婆子塞进被头洞，人从被头洞上面进去，用脚顶着汤婆子“开路”，将身子钻入冷如冰窖的被头洞中，哆嗦着，蜷缩着让身子慢慢变暖，尽量保持不动，以免被头洞里珍贵的热气漏出去。晚上八点不到，弄堂里的人都焐在被头洞里，只有弄堂里还时不时传出“卖糖粥，卖桂花小圆子”等的声音。冬至前后，更有那卖长锭的叫卖声传入耳内，又平添几分肃杀之气。

天亮了，人缩在温暖的被洞里真不舍得出来，眼睛看着窗棂上的冰凌，满脑子都是对寒冷的畏惧。万般无奈中，先把贴身穿的棉毛衫裤放在温暖的被窝里暖一会儿，在被窝里将它们穿在身上后，再慢慢地把上身探出来，迅速地将昨夜添盖在被子上的绒线衫棉衣一件件穿起来，接着下床三下两下穿上棉裤棉袜棉鞋。此时用嘴呼气，能看到白气，知道外面世界很冷，尤其是看到挂在墙上的用废弃的日光灯管做毛巾架上的毛巾，已失去了昨晚还温暖柔和的模样，变成了一条冷漠呆板的硬棍，生生地在那里传递着寒意。于是赶快拿出脸盆，将汤婆子里尚还温热的隔夜热水倒出来，再兑上点开水，等到脸盘洗热了，整个人才开始有了些许活气。

冬日的白天，阳光是稀罕物，只要出太阳，大家不约而同去晒太阳(奇怪，明明是太阳晒人，我们的语言习惯偏偏是晒太阳，倒过来说)。此时需要让太阳晒的不仅是人的身体，还有人的心情，当然更重要的是晒盖在人身上的被头、穿在身上的衣服、套在脚上的蚌壳棉鞋、戴在老人头上的罗松帽等。上海的弄堂狭小，容不得集体行为的晒太阳，于是，看到大人开始收拾被褥，小孩子就乖巧地从抽斗里拿出平时积攒下来的扎成小捆的麻绳快步奔到弄堂口的马路上，抢着选择早已熟悉的较为粗壮的树，快速地将麻绳绑定在两棵树上，等到大人把被褥抱出来，就可以顺理成章地晾晒上去了。到了午后，把被子收进屋里，晚上睡在香喷喷的充满太阳味道的被窝里时，能够感到十分的满足和幸福。

晴朗的白天，弄堂里的主妇们都抓紧趁早洗衣物，洗完后晾在竹竿上，可是不多久，衣服也被冻僵成块了，不得已再将竹竿收到屋内。据说此时去揉搓衣物，会伤衣料的，虽然是“妇人之见”，但在缺衣少料、买布需布票的年代，这个耸人听闻的“据说”，成为主妇们的共识，于是把“冰胶”的衣服收回屋内慢慢回暖，让衣物里的冰化开并蒸发掉些许水分后，再晾到屋外晒太阳就成为一种不成文的习惯。

和严酷的冬季相反，夏天的会乐里充满生机活力。尤其是傍晚时分，西晒太阳余威未尽，老人小孩午睡后醒来，摇着蒲扇走出房门，卖棒冰、雪糕的小贩抓住时机背着木箱走街串巷，用一块类似醒堂木的木块敲着木箱叫卖，小孩子们就缠着大人要四分钱买棒冰。我们喜欢买赤豆棒冰。棒冰是水，赤豆是干货，大家当然希望赤豆多一点。那时产品标准化概念可能不强，棒冰上的赤豆有多有少，一般只有棒冰头上的一点点，但时有例外惊喜，棒冰的三分之一甚至一半都是赤豆，这种或然性的存在让我们在剥开棒冰纸的时候有了一种期许，几根棒冰放在一起一比较，赤豆多的犹如中了彩票一般。耳边不免传来小伙伴们羡慕嫉妒的声音：侬今朝合算咪。

会乐里上空的天际线也很接地气。

弄堂乘凉
(IC Photo)

午后正是家家户户提水汤浴的时光。条件所限，洗澡热水或是自家煤球炉上烧出来，或是到弄口的老虎灶上，花两分钱泡一铜吊沓沓滚的开水回来。当然老虎灶里还有经营的门道，在灶头旁边拉上一个门帘，里面放上一个大木盆，只要花上八分钱就可以畅其所浴了，当然大多数人家还是不愿意为每天的洗澡而破费的。顾家的男人会为女人在家里放上木盆打上热水，等到女人洗完后再帮着把水倒掉。而男人自己则常常短裤赤膊，拿上毛巾肥皂，再拎上一铅桶冷水，身上打湿搽上肥皂后，将一桶水从头顶浇下来，就神清气爽地完成了任务。当然男人的这种洗澡充其量只能算北方人口中的冲澡，而女人在家里木盆里的洗澡不失为上海人讲的“汤浴”。

夕阳还未落下时，弄堂里由粥粥饭饭咸菜毛豆咸鱼酱瓜等等组合成的晚饭基本上已经落肚了，家家户户已经用脸盆脚桶盛满自来水浇湿地面退热。记得当时弄堂里还有一口老井，井口的边缘已经被磨得光溜溜锃锃亮，弄堂里的邻居们吆五喝六地将冰凉沁人的井水打上来，将西瓜浸在里面，等到吃时真有冰镇西瓜的凉爽味道。浸完西瓜的井水也不浪费，拿来浇地去暑热。

这些程序走完后，太阳也基本落山了，邻里们开始出来乘风凉了。人们都是短衫短裤，尤其是脚上还有一双晴天落雨都不怕的木拖板，敲出踢里塔拉的夏季情调。在石库门的天井、客堂、门口，手拿蒲扇纳凉的小孩坐在小矮凳上，大人坐在竹椅上，老人或坐在藤椅上，或倚躺在竹榻上，有的看书，有的吹笛，有的拉琴……

最能起蓬头的是三五成群地打牌，昏黄的路灯下，一个箩筐倒扣着，上面放一块木板就权当牌桌，一帮路灯下的宝贝吆五喝六地算 24 点、争上游、打四十分，互相不买账的还要敲台拍凳——全然忘记了那台子是台子吗，箩筐上的木板成了冤大头、出气筒，被拍得七歪八起。要看输赢不难，远远一望，谁的耳朵上夹的晾衣服木头夹子多，谁就是输方。扑克牌玩的花样多，还有人拿扑克牌表演刚刚从隔壁弄堂里学来的变戏法，神秘兮兮，故弄玄虚地唬人，也有人用扑克牌帮人算命，弄得人一惊一乍的，引来一群旁观者看热闹。

比较安静的是下棋，即使在一旁观战的也遵循着观棋不语真君子的古训，只观不语。两人对弈象棋，四人四国大战陆军棋，还有小孩子玩跳棋、五子棋的，有点君子之风，都显得温文尔雅。

不打牌不下棋的顽童则手拿蒲扇互相拍打，口中念念有词曰："扇子扇凉风，扇夏不扇冬，若要借我扇，过了八月中"，展现出一幅活脱脱的都市市井消暑图。

纳凉时最诱人而又触人心惊、让人又爱又怕的就是听"鬼故事"，讲的人搜肠刮肚，胡编乱造，绘声绘色，手舞足蹈地渲染气氛，听的人汗毛凛凛，欲走还留，欲听又怕，听了后还有半夜做噩梦的，脑子里都是恶鬼狰狞的獠牙和尖锐的长甲。

会乐里总弄堂，我们小时候主要的游戏空间，到上世纪 90 年代已经被周边游客的自行车占领了。

会乐里东三弄，我度过少儿时代的地方。夏天，一脚迈出石库门，这里就是乘凉的所在。

夜幕降临，暑气消退，乘凉人收凳撤摊，各自回屋里厢睏觉。这时最恼人的是蚊叮虫咬，对付蚊子只能点蚊香，但嗡嗡叫的蚊子总如幽灵般在耳边挥之不去。当时每隔一段时间，里弄里在居委组织下都会对蚊子统一采取一项“革命行动”，就是趁傍晚时分家家户户都在外面乘凉当口，对躲在家家户户阴暗角落里的蚊子臭虫进行烟熏。这时各家都根据统一号令，门窗紧闭，散发着敌敌畏气味的烟气一时间将石库门内的房间变成了蚊子臭虫的“毒气室”，待到规定时间到，各家开启门窗让烟气散尽后进屋查看，此时确实能发现蚊子臭虫蟑螂的遗骸。

与蚊子比，似乎臭虫的生存能力更强，它们委身于我们的睡榻之上，钻在棕绷藤绷的里面，伺机吸血。所以过一段时间各家都会自行清理门户，将棕绷藤绷搬到弄堂里敲打一番，以图将恼人的臭虫震出来，或用开水浇淋在木缝间，试图将这些小个子烫死。而走街串巷的修理匠则在旁边吆喝：“啊，坏脱的棕绷修伐，坏脱的藤绷修伐？”

但无论如何，在盛夏酷暑 38 度以上的高温里，老房子就如蒸笼，即使再默念“心静自会凉”也是难以入眠的。于是睡在弄堂里就成了不二的选择。将木板搁在长凳上就成了床，男女老少以天当被，以弄堂为房，在谈笑戏语中昏沉睡去，直到天明被倒马桶车的铃声吵醒。回想起来不明就里的是，当年在那样嘈杂的环境里，人们睡得是那样的心无旁骛，那样的坦然自在，那时也很少碰到有入睡难或容易醒等睡觉障碍症候群的人。

看来，嘈杂的外部环境和简单宁静的内部心境可以是两条不相交的平行线，把日子过简单了，也许就能进入“结庐在人境，而无车马喧。问君何能尔，心远地自偏”的自得其乐之中。

之三　那些年，弄堂里见识的人情世故

弄堂的物理格局、石库门里的七十二家房客，关起自家房门是一家，房门一开就是大家了。在石库门的大屋檐下顾及家庭隐私的阈值相对较高，张家长李家短的生活交响曲每天都在进行，但也因了这样的“亲密无间”的生活环境，石库门里自然生长出了尊重各家隐私的潜规则，大人教育自家小人的内容各家有异，不过有一句上海人的口头禅人尽皆知，那就是“看破不说破”。尽管弄堂里的居家环境几乎是裸露的，前厢房里今天开洋荤在炖蹄髈，后厢房里今天作孽额，只是咸菜毛豆子下饭；张家姆妈屋里厢今早晒“行头”了，丝绒旗袍、毛货裤子侪晒出来了；李家爷叔真是做人家，汗衫有几个洞洞眼了还在穿哎；陈家伯伯昨日夜里为了一点私房铜钿和老婆吵相骂了，在屋里厢敲台拍凳“掼家什”……就这样每家每户的家底子都透明公开地晒在众人眼皮底下了，可是每个弄堂里生活的人，都有一个心知肚明不要说出来的潜意识。

会乐里的邻里关系中既有环境所逼之下在公共地盘里寸土必争的意识，又有亲帮亲、邻护邻的亲情，既有维护自家利益的强

烈愿望，又有遵守自然形成的契约意识。由于关起门来的自家面积都比较小，朝北的小阁楼，亭子间不足 9 平方米自不待言，就是正房间的客堂楼、前厢房、后厢房的面积也只有 20 平方米左右。家庭人口多的大户人家，白天如果人都在家里就像“插蜡烛”一般，只能各自到外面去，或者就在弄堂里出没。到晚上睡觉辰光，小孩只能打地铺，即便如此地铺还不够用，弄堂里有个玩伴，逢人就说家里的缝纫机踏板就是自己睡觉的枕头。所以自家开门出来的狭小空间就成了石库门里邻里间的必争之地。看到一块小空间，邻里看在眼里，痒在心里，先放一个破板凳占上位置，投石问路般试试周围邻居的反应，如果没反应，假以时日，习惯成自然了，就开始上固定设施了。在石库门里很少看到楼梯旁不堆东西的，甚至于楼梯扶手上都可能绑定一个自行车钢圈、废轮胎、小凳子、小竹榻什么的，这倒不是为了占地方，而是家里一时舍不得丢弃的东西放在公共空间里可以为自家腾出存量空间，至于家家门口都堆着的有用无用的杂物，最大用处就是为主人占地盘。

开门七件事之首的买、汏、烧则都要在公用灶披间。虽然炉子挨着炉子，桌板连着桌板，没有一点减少摩擦的安全距离，然而对历史形成的各家地盘，互相都给予尊重和认可，不会有一尺一寸的僭越，即使那一家搬家了，众邻家也会维护新住户在公共区域里的“领土完整”和主权。平时在公共灶披间里，隔壁邻居一起，边忙乎边互相搭讪，锅碗瓢盆叮叮当当就是公共厨房的交响曲。在各种菜肴的混杂气味里，石库门里一家亲的气氛在此演绎出来，如今住在独门独户里的寂寞人家，尤其是老人有时难免会怀念起那段时光，而过去天天如此热闹却让人烦恼，所以大家会实行错时烧菜做饭的办法，用时间换取空间。如果平日自由时间较多的人也挤在上班族里一起做饭，就要被邻家从心里厌鄙了。做菜时难免有人家缺盐少油的，邻里之间也可以拿起隔壁人家的佐料“先斩后奏”，只要事后不忘打招呼就行。更让人叫绝的是，在赤日炎炎似火烧的酷暑，若家家户户都关门落窗，一定闷热难眠，于是不管是客堂间、亭子间还是厢房间都心照不宣地开放门户，让本就不多的凉风流动起来。如果哪一家忘记开门窗了，对门的人也会无所忌惮地吆喝提醒，邻里之间那种相濡以沫的情怀在这吆喝声中却得以滋长。

一个石库门里开始时可能只有一个公用电表，俗称“大火表”，每月的用电数，各家按人头分担。后来有人觉得不公平，毕竟各家用电时长不一，家电耗电量不一，所以开始独立装电表，俗称“小火表”。随着小火表越装越多，甚至各家都有小火表了，当各家小火表用电数相加后数值超出大火表时，这多出来的“福利”就由各家分享；当大火表的数字大于小火表之和时，也要各家分担电费。当然如果这种情况经常发生时，邻里之间就会容易生出是非，有人就会怀疑哪家在小火表上做了手脚。

而水表在一个石库门里往往是合用的，每月按人头分担。如果哪家有乡下或外地来的亲戚临时借住几日，邻居们也都知晓，由借住的那家到了结算水电费时主动报数，按借住的人头数和天数多分担一些费用。当然也有把日子过得过于精细的，自己装小水表，在公共灶披间的水斗上装独立的水龙头，平时还要在龙头上装锁。跟风效仿者一多，一个水斗上方会出现几个上锁的水龙头，看上去蔚为壮观。

公用自来水的水斗上有多少水龙头，竟然可以成为一个石库门里邻里关系的和谐指数。

会乐里东三弄靠近云南路出口过街楼下有个公共电话间，看电话的老阿姨、老爷叔对每家每户的人头情况都了解一二。碰到来电话，靠得近的就不挂电话，径直叫来听话人，这样接听电话的只要付三分钱的传呼费就可以了，否则电话挂了再回拨过去，每分钟的话费是四分钱。但距离较远的只能挂电话，传呼到人打回电。谁家儿子女儿到了 20 岁左右开始轧朋友了，老阿姨、老爷叔也会肆无忌惮喊漏嘴的："某某某，女朋友叫侬打回电。"弄得几个号牌的石库门都知道谁谁谁在轧朋友了。哪天该男小人只要晚回家，邻舍隔壁阿姨妈妈就会不无调侃地问："今天出去和侬女朋友一道数了多少根电线木头啊？"弄堂里对于小青年轧朋友的事一直是津津乐道的，到了"文革"时期，随着"扎台型"等切口流行，轧朋友又被"谈敲定"所代替，这个说法也不错，男女之间轧朋友就是为了敲定结婚，不以结婚为目的轧朋友岂非要流氓么?

一个弄堂里只有一个公共电话间，忙的时候要排队的，谁要是拎不清，拿着电话筒传不清，往往会遭人白眼。排队轮到了，可是拨电话时如果对方老是忙音，识相的会主动把听筒交给下一位，这时候电话间里的老爷叔、老阿姨会给你一个赞许的目光。

弄堂里洗衣晾衣都是穿在竹竿上，用丫叉头叉到客堂、天井甚至石库门外弄堂里，竹竿两头搁在上方的建筑构件上。遇到下雨，只要主人不在，邻居隔壁人家也会将衣服代为收起，叠放整齐，等到主人回来送上门去。远亲不如近邻，此言不虚。近邻相处，难分彼此，即使不是过节，只要哪个邻居家下馄饨、饺子什么的，一般情况下，贴隔壁人家总会共享一碗，而受惠的一家则不会空碗回过去，总要在碗里放些食物回礼，哪怕是几块糖果。“碗对碗”的实质是“情对情”。

现代的话语体系里，“尺度”这个词的使用频率近年来有所提高。现代城市人开始讲究城市的规划尺度、为人处世的尺度。随着住房条件改善，人们开始研究私人空间、邻避效应、安全距离等，现在没有了隐私裸露的尴尬，有了各家个人自由生活的空间，也一定程度上失去了人际交往的机会。老祖宗曾有言在先，“君子之交淡如水，小人之交甜如蜜”，然而淡如水的清高，也容易形成“各家自扫门前雪，不管他人瓦上霜”的冷漠；而甜如蜜的亲昵，也未必就成为产生摩擦的根源。 物理空间的尺度和人的行为尺度没有绝对的标准，在不同的时空条件下，在不同的人群里，应该有不同的把握。 现代化的社区建设要把握好的恰恰是邻避效应和守望无间的尺度，毕竟作为社区而言，其固有的人缘、地缘情结是与生俱来的，其所产生的“缘力”能让平淡的生活富有人文关怀的色彩，否则社区将不成其为社区，而只是一般意义上的给人居住的地区而已。 如果现代化的钢筋水泥结构把人文生态封死了，把人际交往的空间压灭了，硬件的改善却阻碍了守望相助的人文生态传承和社区基因的延续，如费孝通先生说过的“我们正在拥有越来越多的房子，但我们正在失去越来越多的家园”，那就真有得不偿失之虞了。

之四　那些年，我们看过的电影

那些年，看电影是高档的文化享受。那时电影市场的特点，一是奇货可居，可读的文学书籍很少，电视机也没普及，到电影院看电影当仁不让地成为我们业余生活的高档享受；二是题材单一，可选择性低，一个区的电影院都放映同一部电影，而且连续十天半月不换片，但即使如此还是不缺观众；三是票价便宜，但新电影一票难求。

文化，以文化人是也，但这种教化作用是要用形象来诠释、作载体的，需要用引人入胜的故事来说明的，在故事和形象的潜移默化中，人们享受着精神生活，也无形中受到了教化。

现在网络的无所不在，深刻地影响着人们的生活方式和思考习惯，甚至于语言规范，以至如“蓝瘦香菇”一经网络热捧都会在一夜之间成为生活热词。其实那时的电影对我们的生活方式也有很大的影响。当年阿尔巴尼亚电影《创伤》热播，片中的女医生维拉戴着一只大口罩，被口罩勾勒出的凹凸分明的脸型和口罩之上那扑闪扑闪的大眼睛让男男女女为之倾倒，以至于年轻人无论是学生还是小青工都争相效仿，起先是到各大药房里买医用大口罩，后来又发展到自己采购纱布在家里缝纫机上量身定制，为了勾勒出看上去酷肖的脸型，还要在口罩的两边打上一个或两个褶子，一时间走到马路上满眼皆是白口罩，不戴白口罩变成“不懂经”了。赶这种时髦抹平了贫富差别，经济条件不济的也能加入时髦圈，犹如经济危机时的口红效应一样。

当年我们的生活中一些逗人开心的热词也来自电影。如《冰山上的来客》中维吾尔族战士见到自己的女友，即真的古兰丹姆时，解放军排长的那一句“阿米尔，冲”，就成为情窦初开的青春少年伙伴们口中的热词。在学校里，课间十分钟，教室走廊上一群男女同学往往按性别围圈站立，寻找着打趣的机会，眼睛里只要自以为是地瞄到哪位男同学好似对哪位女同学有好感，一帮男孩子就会对这个男同学起哄，推搡着他，口里出来的就是这句有冲击力的台词：“阿米尔，冲！”又如《地雷战》里那个胖汉奸奉承日本鬼子的那句“高，实在是高”，就成为孩子们互相调侃时边跷大拇指边说的玩笑话；再如朝鲜电影《鲜花盛开的村庄》里长辈劝孩子娶媳妇不要只看姿色不看能耐，那句夸奖脸蛋不漂亮但身子壮硕的女子的台词“一年能挣600个工分呐”被用来调侃长相平平的姑娘，而“好看的脸上能出大米吗”，被老人用来教育一味追求长相的男青年。还有《列宁在十月》里，红军攻入冬宫时，那句“电报局的小姐们都昏过去了”，《英雄儿女》中英雄王成手握爆破筒冲向敌人时说的那句“向我开炮”等，在小伙伴们的相互嬉戏中都被夸张地使用过，当年小伙伴们绘声绘色的语调和神情，现在一经想起，立马活色生香地从脑海里跳出来。

在信息闭塞的年代，我们睁眼看世界的主要窗口是电影。我们对西方的人文景观的启蒙，最初是从阿尔巴尼亚电影《宁死不屈》、《广阔的地平线》，南斯拉夫电影《桥》中得到的，对西方世界的革命浪漫主义的理解是从罗马尼亚电影《多瑙河之波》里感受到的，而阿尔巴尼亚的《海岸风雷》里的游击队员接头时的暗语“消灭法西斯，自由属于人民”，既让年轻的我们激发出革命的豪情，又使我们感受到革命者的神圣，更让我们领悟出“无产阶级只有解放全人类，才能最后解放自己”这句话里的悲壮与豪迈。

那时候，电影题材比较单一，一部电影反复看，看反复，以至于都能把主要的台词背出来。记得《红日》《野火春风斗古城》等我都看过七八遍。重复题材看多了，规律性的东西就总结出来了，所谓“朝鲜电影哭哭笑笑，越南电影飞机大炮，苏联电影总是老套，罗马尼亚电影搂搂抱抱，中国电影新闻简报”，就为当时的电影立此存照了。

尽管如此，在那个年代，由于能称得上娱人身心的事情确实不多，看电影俨然是朋友约会的重头戏，有了一张几天后的电影票，心中就有了一份幸福的期待，看电影时幸福，等待的过程也是幸福。由于一票难求，工厂里工会组织的主要娱乐性福利不外乎看电影。我当工厂里工会主席时，一个重要差事就是和周围的徐汇剧场、衡山电影院的票房搞好关系，以便于第一时间拿到尽可能多的票额，然后把票子分发给劳动积极分子。当时厂子里有一个要好同事的母亲在淮海路的电影局工作，有时候能弄出个把张内部电影票，看上一部经过剪辑的外国电影就已经是享受到了特殊待遇了。作为稀缺资源，电影票还有了社交的功能，那时给朋友送张电影票就是一份不错的馈赠，简直无异于如今花钱请吃一顿大餐。

为了得到一张心仪的电影票，休息天里我们经常逗留在或巡游于和平、沪光、国泰、淮海等电影院门口等退票，或者有了一张票，由于时间场次不对而到影院门口和人换票。在电影院门口朋友相聚中不断结交新“票友”，于是在退票换票的过程中，原本单调的生活平添了一些期许、一些喜悦。有一次我在上海艺术剧场(现在的兰心大戏院)门口，正看着《年轻的一代》电影海报，这影片当时很热门，萧继业、林育生的青年典型形象家喻户晓，杨在葆、达式常、曹雷、朱曼芳、温锡莹等演员俊俏的扮相和出色的表演令影院场场爆满，以至于一票难求。想不到的是竟然碰到一个二十几岁的人手拿着两张隔日票要退票，而且还不要加价。他自言自语说，“我又不要看电影”，这令我喜出望外，捡了个大漏，千恩万谢后赶紧回家向朋友报喜。当时小青年谈恋爱虽然有外滩的情人墙可以倚靠，有公园的长椅可以歇脚，但总显得有些干涩，总不及看电影来得浪漫和上档次。于是电影院门口往往也是恋人们的约会地点，对于在此留有甜蜜回忆的过来人而言，这影院就有了爱情地标的意义。

那些年，尽管电影票稀罕，但是和现今不同的是票价很亲民。在计划配给的时代，物价不以稀为贵，电影票学生场七分一张，凭学生证入场，成人票日场一角二分，夜场一角五分，票价因影院所处区位有所差异，也只在毫厘之间。在黄浦区最贵的是大光明、大上海两家，最便宜的是浙江电影院。当然杨浦、闸北乃至郊县的电影院更便宜些。

那时作为群众福利的免费看电影就是看露天电影，活跃于城乡的电影放映队也算“文艺轻骑兵”的一个支脉，不定时地会到弄堂里放电影。一般是在夏天的夜晚，夜色来临时，在会乐里总弄堂里支起一片银幕，电影放映机沙沙转动，使得孩子们围绕着银幕来回奔跑，银幕前方的好位子坐满了，我们就转到幕后看，体会不同的感受。这样的看电影虽然不如影院里正式，和农村里打谷场上看电影一样显得有点草根化，但是正如坐飞机虽然比坐火车旅行高档一样，坐火车也有坐火车的走动便利，两者相异成趣，各有各的滋味，所谓牛吃稻柴鸭吃谷，各人各有自家福啊。

时过境迁，我们那时看电影是刚需，因为精神娱乐生活没有更多的选项。现在我们面临的是一个日新月异的万花筒般的世界，看电影成为了人们多样文化生活中的一个选项。过去没有选择，使得我们常感一种无可选择的无奈，现在是可选择的太多，时间不够，产生了选择的机会成本，以至于常常让我们堕入选择纠结的无奈。过去没有选择，心态倒也平和，不知道何谓选择的纠结，也就没有品尝过两难选择带来的痛苦。过去看电影难得，但有难得后的加倍愉悦，现在可选项多了，既有得的愉悦也有失的遗憾。由此想来，每一时代实际上都有它的幸福，关键的还是要观照好自己的心性。

之五　那些年，弄堂里的乒乓球

有报道称，现在又开始时兴砂板乒乓球了，只在木板上贴一块砂皮而不贴海绵胶皮，以减少对球的摩擦而产生的旋转，而且这套玩法竟然有了国际正式比赛，欧洲人拿了冠军。想来乒乓球发源地的欧洲，由于亚洲乒乓技术的日新月异，总是打不赢亚洲，尤其打不过中国人，想着返宗归祖，重回乒乓球的原始状态。

这不由使我想起小时候在弄堂里打乒乓球的时光。不过那时候我们把乒乓球俗称为"台球"，即打台子上的球，可是那台子不是正规的乒乓球桌，而是汏衣裳台、吃饭台或者是排门板拼起来的台子等。今人不要看不起弄堂里的乒乓球，以为它不入大雅之堂，当年的徐寅生、李富荣等不也是从弄堂乒乓球里摸爬滚打出来的嘛！

弄堂乒乓球之普及，在于简便易行，凡是能称得上台子的，不管是水泥的还是木质的都行。虽然两者的弹性不一造成意外球多，但是锻炼了野路子乒乓球手对球性的掌控能力。那时我们从汏衣裳台打到吃饭台，甚至于在没有台子的情况下，可以在水泥地上用粉笔划出一张球桌来打。没有对手时还可以一个人在天井里独自对着水泥墙打，一种是不让球落地，练习反应能力，一种是让球落地后再打，借此练习削球或抽球，犹如打壁球一般。

那时候的乒乓板在现在的孩子看来就如柴爿一样，有一块三夹板的光板就可对付了，拿到一块五夹板的弹性好的光板已经算稀奇的，在光板上粘上一片胶皮——我们叫做橡皮板，就算正规武器了，粘有海绵的正胶板就是高档海绵板了，至于粘有海绵反胶皮的那就是顶顶高级的“牛筋板”了。

那时的乒乓球几分钱一个，我们只买得起“公鸡牌”，如果有人路道粗，到厂里开后门，买得到不贴商标的次品球那就是给小伙伴们送福利了。尽管次品球长得其貌不扬，有的要圆不圆，无规无矩的，我们照样打得不亦乐乎。有时候乒乓球不小心被踩在脚下踩扁了，家里的大人就拿出一只破碗，倒入火热沓沓滚的开水，将踩瘪的球浸泡其中，不一会瘪球又像河豚鱼的肚子般鼓起来了，尽管留有瘪痕但并不影响我们尽兴。可怜本来就出身低微的次品球，还任由我们持光板在水泥板上抽打，很容易破相，情急时我们到家里拿一块贴伤口的橡皮胶，剪出一小条粘在球的裂缝上，照打不误。在不规则的台子、拍子、球上打出来的水平就是弄堂水平。还记得《红灯记》里“喝了这碗酒，什么样的酒都能对付”的台词吗？弄堂高手一旦出人头地，上了正规比赛场子，就是什么样的球都能适应。

在弄堂里打乒乓球，几乎没有练球的概念，不管打的水平如何，一律比赛，所谓在战斗中学习战斗是也。一张台子，要打的人多，只能以输赢来淘汰。弄堂乒乓球比赛早就采用 11 分制，是现在国际赛制的先驱。实在人多时还采用 6 分制，甚至 3 分决高下。6 分制每人轮流发三球，3 分制每人轮流发一球，赢者为"大王"，直到输球下台。新上场的为"小王"，有优先发球权。一个石库门里的人打熟了，没劲，我们东支弄就邀约西支弄的人比赛，为了有点刺激，输者向对方贡献几个"盾牌"乒乓球了事。

弄堂乒乓球自有其独特的法门。那时候的球网基本上就是用一根细竹竿搁在砖块上，所以擦网球侥幸得分的机会少，球碰在竹竿上要么蹦出界外，要么不过网，要么蹦到对方一边高高弹起给对方抽杀机会。因此，打球时都小心翼翼地不让球触网。排门板拼起来的球台缝隙多，球落在缝隙上发生不规则弹跳，对接球者不利，由于这种概率基本均等，大家也就不计较，看运气吧。打球较鬼的家伙会利用弄堂乒乓球不讲究球拍标准的潜规则，面对打不过的对手，往往会故意用一块缺乏弹性、但"吃球"较好的木屑板上场打，使对手不适应而输球；或者干脆用一块已经脱胶的"松壳壳"的三夹板上场打，以自己的适应去造成对方的不适应，常取得意想不到的奇效。现在乒乓球规则不允许用光板击球，但那时没这个讲究，隔壁石库门里的阿三头，家里条件好，拿着姆妈为他买的“牛筋板”到弄堂乒乓台上来“卖样卖样”(即显摆)，想不到遭到阿拉石库门里小名叫阿德头的挑战，阿德头家境差些，拿着一块光板挑战“牛筋板”，想不到光板偏不吃牛筋板的转球，而且光板击回过去的球还会产生倒转，即牛筋板打过来的下旋球经光板削回去变成了上旋球，反而让对方吃球了，那一次阿德头竟然大胜而归，弄得阿三头和他的姆妈很是胸闷。

弄堂乒乓球台小，处理的每一个球可以说都是台内小球，所以弄堂里滚出来的乒乓高手不仅手腕手指的控制力好，而且球感敏锐，乱七八糟的捣糨糊球多。我们弄堂里杀出来的乒乓选手，有一次逮到机会到市工人文化宫打擂台，结果一弄堂的小伙伴都去旁观助威。眼看着一个高手的基本功扎实了得，能打能吊能抽能削，一路上过关斩将，所向披靡。等到我们弄堂选手上场，只见一方动作标准漂亮，一方动作属于非标，甚至显得不好看，可是比赛时动作非常实用，失误少，相持时总能比对方多坚持一板，对方按常规套路打，怎么打都觉得别扭。心理上弄堂选手自以为是草根，以小博大，毫无包袱，所谓光脚不怕穿鞋的，打得对方连正规技术的一半都没发挥出来，输得摔拍子，又挑不出我们弄堂选手的毛病，就剩下输给弄堂野路子选手的不服气。希望砂板乒乓球能流行开来，我们这些弄堂里打出来的乒乓球手一定上场就能打，毕竟我们是有童子功的。

之六　那些年，弄堂里练车技

对20世纪六七十年代的小青年而言，学会骑自行车是生活的必修课，因为自行车是最方便出行的交通工具，除了上下班、探亲访友之外，家里有一些物品要从甲地运到乙地，车龙头上两边都能挂东西，即使沉一点也没关系，龙头上吃得起分量。后座上是正宗放东西的地方，但放稍大件的物品得用绳子绑定，长的物品可以绑在车身上，这时候的自行车简直就是运输工具。那时候恋爱中的男青年有辆自行车，让女朋友坐在后座上或者干脆坐在前面的横杆上，在马路上“比翼双飞”，也是一件很“扎台型”的事。

当时的自行车分男女两种式样，28吋的车龙头为水平状的，称为平车，适合男性使用；26吋的车龙头有曲线美的，因坐垫前没有横杆，方便前上车，所以适合女性使用。用来练车技的基本上是已经破旧的车，俗称“老坦克”。一年四季里，夏天本来就是孩子们撒野的季节，当然也是练车的高峰季，因为读书郎终于迎来了漫长悠闲的暑假。这时弄堂就成了练车的教练场，家里有车的孩子就把父母的上班坐骑当教练车，没车的就东游西逛寻找弄堂里谁忘记上锁的旧车，偷偷地拉出来练一会儿。骑车是一个讲究平衡的技术活，需要做到人车一体。记得住在隔壁的一个“小八腊子”，平时经常帮着家里的大人用黄鱼车送货，自以为是一个顶尖的骑手，看到其他小伙伴骑在自行车上歪歪扭扭，就满不在乎地一把夺过来，大大咧咧地骑上去，结果车轮一滚，连人带车摔了一个人仰马翻。他不知道在人车平衡上自行车和黄鱼车正好相反，骑自行车时车往哪个方向倒车龙头就应往同方向打，否则必摔无疑。骑在车上除了两手把着车龙头的方向以外，两腿和腰胯部也要帮着起到平衡作用。刚练车时要有一个会骑车的扶着坐垫以助平衡，如何平衡则要骑手自己把控车龙头去体会，这里的讲究是教练员不能帮着学练者扶车龙头，否则骑者和教者就会互相角力导致摔车。当然学车没有不摔的，摔过几次慢慢会体悟到其中的平衡术。我自己摔得最惨的一次是被车的前冲力带着在水泥地上滑过，把膝盖弄得鲜血淋漓，用了红药水无效，再用紫药水，由于膝盖上是“活肉”，老是收不了血，最后用上了当年的所谓特效药，一种白色的消炎粉每天洒在创面上消炎并收血才慢慢见好。

我们居住的弄堂，横向是五条支弄，纵向是一条主弄加两条支弄，如此四通八达的环境给我们练车提供了得天独厚的条件，既可以练习直行也可以练习拐弯，初学出道者难免有时得意忘形而乐极生悲。会骑行后必须要学上车和下车，否则只会“死上车”要给人笑话的。男孩子学的是后上车，和骑马上马一样的招式，女孩子一般学的是前上车。弄堂里一个同学学会了后上车，偏要卖弄一下他能够手持男式自行车前上车，结果右腿被车子横杆挡了，心急慌忙时手上忘了捏刹车，连人带车摔倒在弄堂口的小皮匠摊上，把修鞋的工具箱砸了个稀巴烂，好在小皮匠躲闪及时无大碍，最后还是由这个“闯祸胚”的家长出面出点小钱赔了不是作了结。

学车过程里摔车难免，好在“老坦克”经得起摔，摔掉点漆丝也不显眼，犹如老人脸上再多添一点皱纹也无所谓一样。有时候把车龙头摔扭了，就把车扶起来，双腿把前车轮夹紧，两手握住车龙头扳正就可以了。可是“老坦克”耐摔不等于耐脏，以前有的自行车齿轮上的链条是半裸露在外的，俗称“半链罩”，学骑车的一不怕苦二不怕脏，链条摔脱落了用手把它重新挂上齿轮，弄得两手黑乎乎的沾满油腻。练车者学字当头，注意力都在人车配合上，当时的裤脚管又都比较肥大，所以有的孩子一场练习下来才发现两裤脚上都是黑油，回家少不了给家人一顿数落，后来就学大人的样子，学车前先用一个晾晒衣服时派用场的木头夹子将裤腿夹住，肥大的裤腿由此再没被油腻的车链子弄脏。

练车到一定境界，就不再满足普通的一般骑行，而要开始追求车技高低了。在我们眼里当时车技最高的除了杂技团演员以外就数邮递员了。他们一身绿装，每天带着一串串“滴铃铃”的悦耳铃声自如地穿行在我们的视线里，车速无论是快还是慢都显得优裕自在，随心所欲，狭小的弄堂仿佛是他们的自由王国。这时候弄堂里练车已经拴不住我们的心了，于是就移师弄堂附近的人民广场，在这个广阔的天地里，我们把单脱手上车和双脱手骑行都学会后，真有一种放飞自我的潇洒感。尔后我们又练习慢行和“屏车”，其实骑慢车才算车技，它难在对平衡要求更高，而“屏车”更是要在车轮不动的情况下保持车子屹立不倒。我们为此常常进行比武较劲，比谁骑得慢，慢到比人行还要慢；看谁“屏车”时间长，长到一分多钟双腿不着地，这时的人民广场从练技场变成我们的竞技场了。

那个年代，自行车不仅是代步和运输的工具，也是游戏的物件，也是身份的象征，到了踏上工作岗位后攒下钱来，我就买了一辆18型的永久牌自行车，这也是我有了经济收入后购置的第一项大件的有形资产。

之七　那些年，弄堂里的吹拉弹唱

记得那时我们的青春少年都迷上了乐器，下雨天在石库门的客堂里，大晴天在石库门的天井里，夏天乘风凉时则在纵横交错的大弄堂小弄堂里吹拉弹唱，所用乐器也是五花八门，所演绎的才艺更是各尽所长。那时没有现在这么多的网上网下的培训点，无师自通的有之，买来入门书自己练习的有之，跟着邻家阿哥学习的有之，大家就图个自娱自乐。石库门弄堂，七十二家房客，烧了个好菜，其香悦人，无遮无拦的，众人共享之。奏鸣乐器，也不管雅还是俗，悦耳还是刺耳，一概没有商量地进入近邻家中，心理强大的就不怕折磨别人的耳朵。反正那个时候没有什么精彩的刺激，怕的是寂寞，需要的是热闹。

当时弄堂里玩的乐器中，钢琴是奢侈品，"文革"抄家时"破四旧"又被没收了一些，所以难得哪家有这玩意儿也是不敢轻易发出声来的。于是黄钟毁弃，瓦釜雷鸣，手风琴就成为了当时的高档乐器了。那时看到哪家邻居阿哥背着一个手风琴，脚打着拍子，左手按着贝司演奏的模样，觉得很是"拉风"，在邻家小妹眼里就如男神一样。苏联歌曲《小路》、印度尼西亚民歌

《哎呀，妈妈》等歌曲在空气中荡漾起来时，等于是给大家开了“洋荤”。

除了手风琴以外，让人钟爱的还有口琴。它虽然没有手风琴那样大的气场，但因其特别适合于演奏蓝调(布鲁斯)音乐，宣泄个人情感，因了宣扬蓝调精神而有了别样的优雅。小小的琴身一手可握，尤其在雨天的无人之处，独自即兴吹出一曲，颇有忧郁王子孤芳自赏的情调。从我所居住的石库门总弄堂出来右拐，在福州路上就有一爿国光口琴厂门市部。我的一位邻家小哥是一个社会青年(当时指没有正式工作的适龄就业的青年人)，用自己在弄堂口摆摊做切面的部分收入买来一个国光口琴，自学成才习得了些许演奏技巧，用滑音、和声、手震音、喉震音什么的吹奏出《蓝色多瑙河》《红莓花儿开》等乐曲，令小伙伴们寻声而去。一曲终了，邻家小哥将口琴里的口水甩干，把口琴装进了裤兜里潇洒地自顾自走开，身后总引来不少羡慕的眼光。一段时间以后，喜欢来事的小伙伴们有了新发现，就是小哥甩完口琴后，用一方小手帕将口琴轻轻包起再放入裤兜里，脸上多了一份有内容的笑意。弄堂里哪有什么秘密，不多久就有了小哥恋爱的流言传出，说是那一方小手绢就是弄堂里几号里的小阿妹和他私下授受的。

和琴相关的乐器很多，在20世纪60年代值得一提的是凤凰琴。此琴构造简单，音色却是清脆明亮，琴键分两排，一排为基

杨维昌　作

本音键，一排为半音键，每个键钮上镶有音名，不但易于学习而且价格便宜。据说此琴是日本在1912年(大正元年)创制的，20世纪20年代传入我国。那时候我国的古琴、扬琴等，一般家庭还买不起，于是凤凰琴得以流行，一个石库门里就有一两台，午后或傍晚时分，《北风吹》《吐鲁番的葡萄熟了》等乐曲就会从几个石库门里飘荡出来争奇斗艳。

在随手把玩的乐器中，不得不提的是二胡和竹笛。这两件民族乐器在民间普及度最高，也堪称是草根性的代表。当年离我们里弄不远的广东路上就有民乐厂的营业部，我们弄堂里的男孩子们都在那里购买还算消费得起的敦煌牌笛子和二胡，大一点的孩子往往学二胡，年龄稍小点的多学竹笛。这两件乐器我都学过，可是二胡刚学了入门，就在大人们“难听煞了”的嘲讽声里早早放弃了。吹竹笛倒是坚持了下来，经过自学模仿，从口风口劲、气息控制开始练习，逐渐体会了吐音分单吐和双吐，习得了上滑音下滑音，使得音色更华丽富有色彩，习得了打颤音，使得音色富于变化。为了让音色优美，圆润清亮，知道了吹奏前要溜溜笛，增加笛管内的湿润度，知道了笛膜不能贴得太紧绷，否则音色太闷等。那些年里，我大冷天在石库门里吹，大热天在石库门外的弄堂里吹，不管邻居隔壁爱听不爱听，不管自己的吹奏悦耳不悦耳，只管鼓紧腮帮子吹《我是一个兵》《扬鞭催马运粮忙》《打靶归来》《牧民新歌》《听妈妈讲那过去的故事》等当时的流行歌曲。在伴奏上笛子和二胡是绝配，所以夏季乘凉时，吹笛子的只要听到有二胡声传来，拉二胡的只要听到笛子声传来，都会像久别逢知音般地和奏上去，一厢情愿且自作多情，全然不顾双方的水平是否相配。那时候革命京剧样板戏盛行，我和拉二胡的伙伴们就热衷于合奏《沙家浜》里那段“朝霞映在阳澄湖上”的郭建光的唱段，当那熟悉的曲调从自己的演奏中流淌出来的时候，那种自我认同的愉悦感油然而生。

那些年，弄堂里的物质生活空间是逼仄的，但精神生活却是温馨的，因为人们的人文情怀不会泯灭；那些年，人们发自内心的朴素无华的吹拉弹唱，赋予了弄堂生活独有的人文情调，它无可复制，且值得记录和追忆。

之八　那些年，我们的零食

人们往往把一天中正餐以外吃的小食品称之为零食，意即鸡零狗碎的小东西。对零食的需求并不是由于饥饿，所以贪吃零食的“贪”字表示了零食在人类吃食里处于非生存所必须的地位。

可是万物之灵中，贪吃零食者又何其多也，有的竟好似鱼儿离不开水，瓜儿离不开秧一般。还是心理学家具有人文意味，为吃零食找到了具有科学性的借口，说的是这个人啊，作为精神个体的存在常常需要心理慰藉，在同类中得不到时就只能聊以自慰，而吃零食就有舒缓心理压力的作用。边吃零食边自得其乐，就能得到一种休闲的感觉。即使在“装”，也让人真假难辨不是?

其实吧，很多吃零食的场景都显得合乎情理。如人们在寂寞无聊时吃零食解闷无可非议，我听日本人说过吃零食主要是满足嘴唇的快感，解除嘴唇的寂寞，也就是说，“哥吃的不是零食，而是寂寞”。无怪乎我国北方地区把零食称之为零嘴。日本语中又把茶壶盖上的小圆点把手、开关上的小旋钮等方便人的手指拿捏的小东西和零食归于一词，音为“粢嘛咪”，是否也在寓意着零食满足了手的寂寞？ 又如人们发泄情绪时会生理反应般地猛吃零食，有人说女性朋友尤甚，于是乎人们又把幸福指数不高的人的发胖归于此因。 再如人们动心思时会想吃零食，开心时会用吃一通零食的方式奖励自己，甚至于受惊时也会借助于零食压压惊。 可见吃零食都是和心理需求相关，而似乎和胃腹无关也。

所以，我们小时候尽管经济条件差强人意，却依然在主食之外，经常难以抵挡零食的诱惑。 那些年，“买点甜的咸的吃吃”就是买点零食吃吃的意思，这是长辈对小孩子一种额外的奖励。

尽管零食有甜的和咸的区别，但是甜食自带有与生俱来的贵气。 据说蔗糖的消费在中世纪可是一种身份的象征，那甜味给人带来的愉悦感是难以抗拒的，那时的底层贫民是消费不起的。我们那时粗盐作为咸味的原材料只有一毛五分一斤，鲜酱油作为咸味的加工产品贵一些，但也才两毛七分一瓶，而雪白如绵的白糖，颗粒如盐，却要七毛八分一斤，几倍的差价立见两者出身之高低。

那时候家里来了客人，招待午饭后一杯香茶聊天，及至午后两三点钟，上海普通人家常常用“糖滚蛋”作为点心送客，也算厚待客人了，碰到赖屁股不想走人的客人，出门后还会自嘲“吃了人家的糖滚蛋再不滚蛋就是不识相了”。 那时候小孩子生病，给一碗糖粥就可权且充当营养品了，所以“笃笃笃，买糖粥，三斤葡桃四斤壳，吃侬肉还侬壳，张家老伯伯，问侬讨只小花狗”的童谣得以在儿童中流传。遥想当年也真是寒碜得可以，即使哪位仁兄不幸患上了急性肝炎，也就是凭医生证明多配给一斤白糖而已，可见糖在那年头不仅是佐料，还多少带点奢侈食品的意味。至于麦乳精、蜂王浆等高档补品更是我们零食中的明星，非有病有灾是难以见其真容的。因此在我们这一代的潜意识里，凡是营养品一定是甜的；能吃到的零食，甜的一定比咸的上档次。

那时我家附近有一家金猫食品店，就坐落在天蟾舞台对面，我一有点长辈赏赐的小钱就在里面买糖果解馋。里面最便宜的要算粽子糖了，该糖取粽子之形，色呈橙黄，晶莹剔透，冰清玉洁，且赤身裸体无任何花花糖纸包裹，一年四季一概以本色示人，价格又实惠亲民，一分钱一颗。后来有了升级版，名曰松子粽子糖，目视可看到糖里面有些许松子，放到嘴里含着，将近半程时齿间会品出松子的香味，但我就是不舍得把它一下子嚼开吃个痛快，而是用舌尖不断地舔那颗松子的香甜味。正因粽子糖价廉物美，当时上海滩上不管是上只角还是下只角的百姓，不管是男女老少都经常领略粽子糖的甜蜜。然而毕竟粽子糖太过实惠了，不能用来待客，它一点包装的仪式感都没有，几颗粽子糖就用一张黄哈哈的纸一包了事，而较正规的糖果总有印花的糖纸包装的，人们在剥开糖纸时多少会产生一种微妙的期许。

那时候我要写一篇作文时就给自己一个理由，用一毛几分钱买上一包什锦硬糖或软糖。这什锦糖给人的心理感受是奇妙的，奇妙在于有碰碰运气的期许。回家打开纸包，在花花绿绿的糖纸里寻找自己最心仪的糖果，在灼灼的目光中，一旦发现椰子硬糖和大白兔软糖就如中了大奖一般，于是心满意足地边吃糖果边构思文章，就如骑车前先给轮胎充气，开车前先给汽车加油一般，一颗接一颗地用牙齿和舌头搅拌着糖果，直到把糖果消灭殆尽才收心动笔。

那些年手上尴尬的时光十有八九，当只有区区几分钱还想弄点甜头嗒嗒的话，还有一个出路就是买弹子糖吃。想来这玩意儿与世隔绝久矣，致使我用连拼法打字都敲不出这词了。弹子糖的长相挺可人的，圆圆的，其颗粒的体积虽小但也比现在的麝香保心丸大几倍，而且披着五颜六色的外衣，一副惹人疼招人爱的模样。几分钱可以买上十几粒，虽然个头小但数量多，用舌头消磨、满足味觉的时间长，所以也很受小伙伴们的喜爱。当几个小同学在一起，大家的小嘴都蠕动着似乎在嚼着什么东西的时候，这时谁都不肯落单，于是放一两粒弹子糖在嘴里抿着，煞有介事，让别人感觉到你甜美的享受，一不小心露出舌头来，那弹子糖的色素还是在舌苔上画出了不规则的图案。

与甜食的“阳春白雪”相比，咸的零食虽然比甜的零食地位低，却接着“下里巴人”的地气，其拥有的消费群不见得少。咸食的品种很丰富，光橄榄就有甘草橄榄、五香橄榄、拷扁橄榄等等，还有奶油话梅、奶油桃板、九制陈皮，蜜饯杨桃、丁香山楂、盐金枣等等，不一而足，有的且延续至今长盛不衰。且说丁香山楂是我的最爱，咸中带甜，还有消食作用。价格便宜，五分钱一包，弄堂口的烟纸店里用黄皮纸包成小的三角包出售。小时候我常常买一包放在裤子口袋里，时不时地用手指往口袋里把那消食开胃的东西撮点出来往嘴里送。有时候山楂把纸包浸润破了，山楂漏到裤兜里，使裤兜里都浸满了山楂的味道。

盐金枣在我们小时候是无人不知、人皆食之的休闲食品，它的咸鲜味也讨得很多人喜欢。那时的盐金枣便宜，卖相有三种：一种是长条形，一分钱一根，甘草味的，细细的，用手拿着可以慢慢咀嚼，小伙伴们也往往把它叼在嘴边，戏称为“吃香烟”；另一种是小颗粒，四五分钱一包，拿几粒送嘴里可以在唇齿间消磨良久；还有一种是圆饼状的。小伙伴有时候买一个圆饼状的，买一根长条形的，把长的放到圆饼里合起来一起吃，将其戏称为“大饼油条”，想象着大饼油条的美味吃着盐金枣，至少比画饼充饥的感觉好得多。

在零食中最具有草根意味的当属盐水片，想必现在的孩子们根本不知道盐水片为何物。所谓盐水片，顾名思义就是用盐水做成的片剂，如药片大小，实际上就是盐经过稀释后的结晶体。

此物五分钱可以买到十几片。买了一片拿在手里，不时地凑到舌头尖上舔一舔，能在很长时间里满足舌上味蕾的寂寞。好在有了这盐水片，使得手头拮据的孩子也能过吃零食的瘾。想象一下，拿着五分钱买到的盐水片像现在这样发口香糖一般在小伙伴里发一圈，真有花了小钱而很有派头的感觉。

大人们总希望孩子吃好正食，少吃零食之类的闲食，可是闲食的诱惑却无处不在。我五六岁那年春节，奶奶从山东老家到上海小住一段时间，也是我看到她老人家唯一一次到沪。我妈悄悄叮嘱我们兄弟两个："山东老家规矩多，你奶奶在老家是说一不二的主儿，大年初一你爸要领着你们给老奶奶磕头，你们要有思想准备。"当时我就有点发怵，我从小在外公外婆家长大，从来就没有给谁下跪磕过头，弄堂里也没见过哪家小孩子给大人屈膝磕头的。临到年初一，我爸果真把我们领到奶奶跟前拜年问安，命令我们兄弟俩下跪以体现家教森严，而奶奶却一脸慈祥地说磕头免了，我们两兄弟像得了大赦令一样感到一身轻松。等到我爸一转身，奶奶往我和弟弟的小口袋里各塞了五元钱。这十元钱那时候绝对不算一笔小钱，抵得上一个月的生活费。事后我才知道那是我爸为表孝心，昨夜刚给奶奶的零花钱。这幸福来得太突然了，简直让人有点晕，要知道那时的五元可看作现在的五百元，这笔钱在我们口袋里无异于一笔巨款，"一夜暴富"之下我只能做个守财奴，没敢花这笔钱。还是我弟弟胆儿肥，按捺不住馋痨虫，拿了这笔巨款直奔弄堂口的零食小摊而去，买了些甜的咸的都塞在裤袋里，弄得裤兜鼓鼓囊囊的，藏也藏不住。第二天我爸就知道了奶奶的这项善举，又背着我奶奶急令我们兄弟俩到跟前，让我们把钱如数交出来。我的钱完璧归赵，而弟弟的钱已经破整为零，只见他从一只口袋里掏出蜜饯之类的零食，一只手从另一口袋里拽扯出一串散钱，而且余钱和零食两两相加还碰不拢，使得我爸找到摆摊的老头理论了一番。就这样，这笔巨款经过我奶奶和我爸的“二人转”，通过零食的媒介又回到了我爸的口袋。

吃零食是全世界的习惯，中国是人口大国也是零食大国，最近听说我国的“辣条”开始在国外风靡，真心希望上海的老城隍庙奶油五香豆、梨膏糖等零食也能作为伴手礼，冲出亚洲，走向世界。

之九　那些年，上海人的点心

上海滩上的点心品种繁多，海纳百川，五方杂处的移民城市当然就有各种地方小吃流入，那些年在街面上能买到的点心基本上是江南风味的，北方小吃和川味的麻辣在过去只是小众食品。

上海人家一般不会把吃早饭叫做吃点心，因为早饭在上海人的眼里还是一日三顿饭里的一顿，要么吃隔夜泡饭，要么吃粥，而下午三点钟左右也就是英国人喝下午茶的时间里，上海人吃的食品才是正儿八经的点心。这时吃的点心甜的咸的都有，干货里常见的是甜饼干、咸饼干。下午的点心有汤汤水水吃的是有铜钿的大人家。点心里宁波猪油汤圆为上海人所爱，之所以不叫汤团叫汤圆，因其个儿小巧玲珑。汤圆吃在嘴里既软糯又爽滑，咬开皮层，流出的是甜甜的带有猪油香和芝麻香的琼浆玉液。不过吃这汤圆要斯文些，不能因其美味而龇牙咧嘴、肆无忌惮。夏天在弄堂里乘风凉时听人讲过一个小段子，说的是两顾客面对面在宁波汤圆的招牌店里吃汤圆，其中一个吃得猴急，不料汤圆皮薄馅多，汤汁丰满，那甜蜜的琼浆直直地喷到了对面那位的脸上。猴急者慌得不知所措，而对方竟然不言不语看着肇事者的碗，过了好一会儿才蹦出一句话："呆着做啥，快把你碗里的剩下那只吃完，省得我揩两趟。"哈哈，好一个幽默的食客!

多数情况下，有点小铜钿的上海人是吃点大饼油条脆麻花之类当点心。我外婆说，点心点心就是点点心而已，把点心当饭吃，既不耐饥又难为铜钿。上海的一出独脚戏里讲有一爿点心店生意兴隆，但就是招牌上出现错别字，那个心上缺少一点，后来把那一点加上去以后，生意却下来了。为什么？因为心上缺少一点，路过看到的人就会感到自己心里缺了一点，就想进门点点心。此说虽然牵强，只是戏说，但也说明上海人是不把点心当正餐的，天天吃点心，一般家庭承受不起的。

即使是传统的"四大金刚"，上海人家天天吃，也是家境殷实的标志。试想在客堂天井里，面对隔壁邻居的咸菜泡饭，你天天大口吃着香喷喷的大饼油条，顺便还要拗个造型，这不是拉仇恨吗？所以到弄堂口买到家里低调享用的才是真正的富有人家，在石库门天井里，在吃泡饭邻居面前吃的人，实际上是难得有机会解馋的主儿。

"四大金刚"能够经久不衰自有其过人之处。想当年，一副大饼油条七分洋钿，在洋点心面前是颇具人缘的价格。大饼的碱性与油条的油性和而不同，双方的结合可谓"两情相悦"，碱性和油性一经中和，堪称完美，它的普适性大大增强，老少皆宜。如果你食量大，可以用二两粢饭包一根油条再配一份豆浆，

汆油条
(IC Photo)

油条、生煎馒头、粢饭糕
（IC Photo）

这样干湿俱全了。其实这豆浆也是可以说道几句的，豆浆，分为淡豆浆、咸豆浆、甜豆浆，植物蛋白丰富又便于消化。如果光吃一份豆浆，一般选用甜的和咸的，甜豆浆里放了白砂糖，而咸豆浆里的内容就丰富多了，有虾米、榨菜末、油条块等，还要淋上些许辣酱油什么的，这小生虽然出身低微但也追求色香味俱全。

粢饭糕也是上海人喜欢的点心，看似一块简单的粢饭糕，制作里也有一定技术含量。所用米饭以大米为主，也可掺杂些糯米，增加些黏性口感，关键是米饭要煮得不软不硬，比平时做的米饭要稍硬一些，便于切割。煮好米饭要趁热撒上些盐拌匀，稍凉后倒入一木制的方格内压实，之前方格的底部和四周已涂了些食油以防黏连。饭凉透后用沾水的菜刀将米饭切成一厘米左右的方块，就可以下油锅炸制了。这款点心看起来金黄白嫩，闻起来幽香扑鼻，吃起来外面香脆，内里软糯，透着诱人的咸鲜气。小时候我们兄弟俩如逮着机会，一人吃一块是肯定不过瘾的，至少来个两块才罢休，可能是肚子里少了油水的缘故。而如今饭店里已经把草根型的粢饭糕贵族化了，将一方块粢饭糕细切为四小块，这样吃起来似乎更有味道。当今的人们肚子里油水一旦多了，那气吞山河的吃相就影踪难觅了。

大约 20 世纪七八十年代，弄堂口的大饼油条作坊被拆除了，“四大金刚”逐渐式微，后来，永和豆浆店里又开始有了油条豆浆的身影，引来了一些老食客去怀旧尝鲜，再后来台湾的“眷村”

又到上海，把“四大金刚”弄齐全了，但是不知何因，我们这些弄堂里钻出来的孩子总吃不出当年的味道。大饼还是手工在碳烤的炉膛里贴出来的有味，油条还是老油锅里氽出来的香美……

上海的点心远不止“四大金刚”，记忆中的还有葱油饼、油墩子、牛肉煎包、生煎馒头等。那时候弄堂口的葱油饼虽仅五分钱一个，但里面葱油十足，油渣喷香，一口一个脆，一口一嘴油。这点心的荤油里有平民对生活的满足。如今，即使葱油饼已然身价陡涨，即使味道正宗的葱油饼要排长队购买，人们还是趋之若鹜。

我们小时候看牛肉还是稀罕物，可是我家附近的云南路上居然有牛肉煎包卖，当时平民点心好像在价格上都有定约一般，都在五分以下，这煎包里有货真价实的牛肉，居然也是五分钱。等到我踏上工作岗位，有了属于自己的薪酬后就经常光顾这个煎包摊，虽然收入微薄，远不到财务自由的阶段，但有了自己可以自由支配的钱何尝不是人生的快乐，这种快乐也藏在了带有咖喱牛肉香味的煎包里。

生煎馒头，一听就是上海味，因为它不叫生煎包子。现在有些小青年的上海味走调了，把馒头也叫做包子就另当别论了。生煎馒头不仅上海人喜欢，就是出差到上海来的外地人也会到罗春阁、大壶春等名店打卡开开荤。生煎馒头和阳春面一样，成为一些外地人喜欢上海的理由。当年的生煎馒头，一两有四只，可见它的精巧，而每只馒头里都有十足滚圆的肉和鲜美的汤汁，有的还在肉糜里放入了猪皮冻，肉皮冻在高温下收进了肉糜的味道化为鲜美的汤汁，汤汁里则饱含了胶原蛋白。还有生煎馒头那又酥又脆的底板，不仅美味而且有助消化，也有人就好这一口焦香。四只生煎一角二分，可以堂吃，也可以为你放入纸袋子里带走。当年刚出道做学徒时上早班怕迟到，我常常赶不及在家吃早饭，一早骑车出门，行至半路停车在路边买上二两生煎，边骑车边吃生煎，车进厂门，生煎也已妥妥地进了肠胃。

生煎堂吃一般会配一份咖喱牛肉汤，这样才比较正式、完美。这咖哩牛肉汤虽然才三分钱一碗，但是味道一点不含糊。记得当年也是在云南路上，福州路和汕头路之间有一家吃食店，那口大锅里一直熬煮着大牛骨头汤，其香味直飘到马路上。三分钱给你盛上一大海碗，汤里布满牛骨髓里熬出的香油，咖喱的香味、牛肉的香味、葱花的香味糅合在一起，煞是诱人。上小学时候，大冬天的上学路上喝上一碗，真有满血复活之感，那是外公给我学习成绩的奖励。外婆还告诉我，你妈怀上你的时候，为了补营养，每天喝一碗牛肉汤的。奇怪，既然如此，为何我从小到大就从来没有牛气冲天的感觉。还是牛肉汤吃得不够！

儿时的记忆可谓绵长深厚，至今我还对咖喱牛肉汤情有独钟。中医又认为咖喱有祛湿功效，最近国外又研究发现咖喱还具有抗雾霾和防癌的作用，还能如八角茴香一样抑制细菌，消除炎症。如此这般，弄得我凡是见到有咖喱的料理，一般都会选择纳入腹中，特别是它和牛肉结合在一起的时候。某天我迈入一家老字号店堂，不问价钱，兴致勃勃要了一份咖喱牛肉粉丝汤，到底是老字号，服务方式一直没变，自己动手，丰衣足食，顾客自己到窗口取物，找位子入座，就如里弄食堂一般。及至喝汤到嘴里，却已然有沧海桑田之感。不温不火、寡淡无味的汤里，既没有牛肉的味道也没有咖喱的感觉。

现在到了清明时节，网红青团开始争奇斗艳，这家是咸蛋黄出场，那家是腌笃鲜当家，那一家又创新出了鸡丝培根……网红食品们你方唱罢我登场，都因了其神秘感和不确定性给人以惊喜，满足了一些人的喜新厌旧心理。但是，我们不能总是去逐新吧，不断翻新花头，但“脚跟立不稳，就是呒轻头”。今日的新，马上变成明日的旧，花样经总有一天会穷尽的；而旧，是有源头的，是可追溯的。喜新没错，怀旧可贵，创新不易，坚守被历史认可的传统更不易。

我们不能学狗熊掰苞米。

之十　那些年，上海人的“囥”

“囥”这个字在许慎的《说文解字》里作何释意我没查过，但似乎该作“藏”解，按古人造字法看，可能属于形声法，这个“囥”字和“藏”字比较，本人以为前者更具有会意性，画面感。可惜现代汉语中前者已经沦为非常用字，而值得欣慰的是，在上海人的口语中，这个字使用频率颇高，依然常挂之于嘴，见诸所行。

在上海，如果说某人“囥头势结棍”，很难辨别是贬义还是褒义。因为上海人的“囥”，不能简单地理解为小家子气，生活勤俭节约的普通人家有囥的习惯，即使生活较为阔绰的殷实之家也不乏囥的喜好，只是囥的东西不同而已，况且上海人的囥还有其他的多种原因。

上海人过日子讲究居家清爽，但居住环境都很局促，过去一户普通人家就十几平方米，居室客厅书房甚至厨房都是一间。有客来访，凳子不够就坐在床沿上，所以那时候家家户户都有一种叫“床沿布”的东西，这是一条两市尺左右宽的棉布料，白天就铺在床沿上给自家或客人坐的。

在这样逼仄的居家环境里，家里的贤妻良母都要有一番善于收纳的本事，就是把一些不愿被人看到的东西园起来。值钱的宝贝、祖传的稀罕物等当然不能显露在外，不雅之物也是要尽量园在不引人注目的角落里。典型的标志物当属马桶和痰盂罐。痰盂罐可以园在床底下，床单耷拉下来正好遮住不雅之物；而马桶放在家里的位置实在尴尬，于是有的放在门背后，有的放在床角落里，前面遮一块布帘。但也有最高级的让人意想不到的园法，一次在沪上地标之一的“新天地”里谓之“屋里厢”的石库门小型博物馆里参观时，解说员让找马桶在哪里，结果大家遍寻不得。临了，解说员翻开一个靠背椅子的坐盖，我们才看到坐盖里是空的，里面赫然放着一个红漆的马桶，且椅盖边缘和马桶边缘正好齐平，这种匠心独运的设计真把上海人的园演绎出了新境界。

上海人过日子平时精打细算，讲究吃剩有余，所以即使穷苦人家米缸里也总有隔夜粮，五斗橱和樟木箱里总有压箱底的行头，上锁的小抽斗里躺着的银行存折上总有些许储蓄，以备不时之需，这样心里面有安全感和满足感。以前倘若哪户人家当月收入吃光用光，买来的新衣裳不在箱子里压上些许日子就直接穿在身上，邻居隔壁投来的目光往往是鄙夷的，暗地里把这称之为“脱底棺材”。当年会乐里的阿王，整天无心无肺地穷开心，有几个小钱就到云南路上的槽坊里拷几两黄酒自酌自饮，一派今朝有酒今朝醉的样子，弄得老婆三日两头回娘家哭诉，最后离婚收场。老邻居劝他园一点钞票起来，他会说“我园在肚子里也蛮好”，你数落他时，他会不无揶揄地高声念叨，“六月六晒红绿，人晒红绿我晒腹”，一副不管不顾、自得其乐的派头。不奇怪，社会上另类总是有的。

上海人的“园头势”是否“结棍”，平时是看不出来的，但是到关键时候，园起来的东西就会登堂入室。描写上海人生活的知名作家程乃珊在一篇文章里写道，看一户殷实之家拿出来待客的糖果里，有的糖纸头已经和糖粘在一起了，在不怎么讲究食品保质期的过去，这不算什么，但说明这糖果已经被主人园了长远辰光了，邻里们就会私下议论猜测该户殷实之家的经济条件走下坡路了。

我外公在世时平时穿的衣裳可谓极简，从来不换花样，他从远处走来，即使看不清脸面，只要看到衣裳的大致轮廓，就知道是外公来了。但是在家里的马口铁箱子里却园着簇新的黑色香云纱衣衫衣裤以备出客用，以至于到他去世这衣衫还宛如新的一样。我外婆平时也是始终如一的一袭大口襟衣服示人，但是樟木箱里不乏毛货旗袍和大衣。我看到外婆为防虫蛀、拿衣物晒太阳的时辰，多过穿这些衣物上身的日子。到我成年以后，外婆把她的毛货旗袍送到裁缝店里为我改制成了我出客穿的毛货裤子，那一刻的她是那样的欣慰，只因为她历经年代园下来的衣物又返老还童在我身上重获新生了。

尤其在短缺经济的那些年代，上海人在紧绷绷地过日子时，特别注意“用脱一点，园起来一点”。现在，这种物质生活层面上园东园西的习惯，基本上在中老年人身上遗存较多些。家里存放的食物，他们往往先吃存得最久的，结果是每次吃的都是存的时间最长的。所以，老年人的这种生活习惯常常被年轻人所诟病，年轻人认为吃东西就要挑最好的先吃，这样的结果是每次吃的都是吃剩下的里面最好的一个，有些年轻人为此不愿与老人同住。孝顺者，顺也，但有些年轻人认为，顺着老人的这种习性就会拉低自己的生活质量。

其实不少老年人的喜欢“园”，已经不仅是为生计，而是惜物的心理，表现在什么也舍不得扔，都园在家里，总觉得来日能够派上用场，以至于有时自己园起来的东西园得自己也一时找不着，而园了长远的东西一旦真派上了用场便会喜出望外。有个朋友的老母亲不幸去世，家人在整理其遗物时竟然还发现有一厚沓清洗得干干净净、折叠得整整齐齐的塑料马甲袋。在到处都是塑料袋的今天，不舍得扔掉用过的塑料袋已经不是“做人家”所能解释了，这实际上是一种生活的态度，而这种物尽其用的生活态度其实还是挺符合当今环保精神的。

上海人家，大多居处不宽裕，出于惜物心理的“园”，经常带来“螺蛳壳里做道场”的烦恼，当空间不允许时，难免不得不把一些东西扔出去，这时只能用“旧的不去，新的不来”的心态来平衡自己。这些年日本人开始时兴所谓“断舍离”的生活，但是有些一辈子积存下来的心爱之物实在是难以割舍的，听说现在社会上由银行或保安公司开办的保险箱业务生意不错，想来是满足了一部分上海人园的需要。

上海人的园不仅停留在园东西的层面，有时候还表现在人际关系层面。如师傅带徒弟，言传身教当是为师的本分，但是当徒弟的本事不断精进后，做师傅的难免会留一手，把看家本领园起来。小时候，听到这样的寓言，猫和老虎是同科，若论单打独斗，猫哪是虎的对手。据说猫原本是老虎的师傅，但为了自己的生存，猫留了一手爬树的绝技防身，由此千百年来猫和虎相安无事。所以师父园一手绝技，为的是不至于教会徒弟而饿死师傅，听起来好似还情有可原。至于后来发展到有些有本事的教师为了课余时间或休息天给学生补课赚钱，把本该在课堂里毫无保留授业解惑的本领也园起来一些，到补课时再待价而沽，这样的园，就有违“学高为范，身正为师”的古训而不足称道了。

上海人的“园头势结棍”，还表现在精神层面，乃至成为一种行为方式，典型的一句话就是“闷声不响发大财”。在上海人看来没能耐的要“识相”，不要“鲜囐囐”冒充“金刚钻”，所以要“藏拙”，即使有些能耐的也要知道山外有山，所谓要“藏锋”。上海人里，有财的不露富、不招摇显摆的，有才的低调做人，不显山露水的往往受人尊敬，因为上海闲话里有“出头椽子先烂”的说法，也因此成就了上海滩水很深，是藏龙卧虎之地的名声。上海老人里不管是知书而达理的，还是虽不识字、但在说书摊上习得些许文化的，凡是教育起孩子来总是念念有词地告诫孩子过日脚不要张扬，告诉孩子低调就是腔调，也就是要把自己的才能“园”起来点，以免遭人嫉妒。对于那些外形看上去瘦但身上有肉的，上海人会讲这人一身园肉，言下之意就是要当心这个人噢，不要小看这个人噢，这个人是外表看不出的厉害角色。言语里是既有贬又有褒。有时候，家庭里的大人会对自家孩子进行情景教学：“侬看迭个家伙会讲闲话伐，一句话进一句话出，讲起闲话来圆圆转转，啥额意思让人家自己去理解，不让人家难堪，既给人家面子，自己又不得罪人，侬要好好学着点噢。”的确，不管是为人含蓄也好，谨慎也好，上海人讲话有时会讲一点，园一点，所以大人往往要求小人，领导往往要求部下要听得懂“半句话”。上海人这种行事方式其实有一定普适性，倘若一群天南地北的人在一起，无论是聚餐还是开会，先观察后行事的、少言寡语的或者不抢先发言的往往是上海人；开会时如果要大家抢话筒才能发言，上海人一般缺少激情和勇气，不可能也不会去拔得头筹。

上海人的园，既表现在有意识的层面，也表现在无意识的层面，如潜意识里总觉得老货比新货好。这背后还有着一定的文化意味。毕业于上海工艺美术学校、在上海生活过的木心先生在诗里写道，“从前的日色变得慢，车、马、邮件都慢，一生只够爱一个人。从前的锁也好看，钥匙精美有样子，你锁了，人家就懂了”。这首写“从前慢”的诗歌，让人感觉到现代的生活节奏太快了，缺少了岁月沉淀所带来的韵味。联系到上海人的“园”，我想到了两点：一是慢工才能出细活，从前的慢，使工匠有时间能打磨出精致的东西来。从前，商品经济不发达，人心相对淳朴，以至于只追求锁的工艺价值，“锁了，人家就懂了”，少有人想到去解锁行窃。所以同样是红木家具，凭着工匠的慢工和诚恳，老家具的榫卯结构工艺就比现在的严谨，板材的预处理也比现在有耐心。老家具用得越久，成色越好，而现在有的新家具刚启用时还看得过去，但可能没过多久面板就开裂起缝了，搬一次家就出现榫卯松动了，难怪上海人更喜欢“园”老货了。二是人都有怀旧心理，要留住过去的时光特别是慢节奏的生活，让自己在快节奏的日子里静下来，总要有物质载体来留住念想，所谓睹物思人，睹物记事。于是把岁月留痕的物件园起来，实际上是把美好的回忆和经历园起来，留下来，这作为一种文化行为，实际上已然进入了人文情怀的范畴。由此可见，旧货商店在人们生活中不可或缺，即使在“文革”中旧货店一度被莫名其妙地改名为日用商品调剂商店，旧货商店作为一种商业业态也一直没有消失。可惜的是，当年沪人钟情的“淮国旧”，因为成都路高架建设而拆迁、原址被夷为平地后就再也没有凤凰涅槃。现在虽然还有旧家具店等存世，但是综合性的旧货店还是难寻难觅了，而旧货商店无论是从循环经济的角度看还是从文化的角度看，它都有存在的必要，毕竟它可以在物质和精神两个层面上满足人们各种园的需求。

之十一　那些年，上海人的“讲究”

上海人比较讲究，这似乎在国人心目中共识度较高，上海人自己也经常引以为荣。外省市的朋友提到上海人的讲究，往往在心里和上海人的所谓“小资情调”挂钩。有人把上海人不顾客观条件的讲究戏称为“穷讲究”，把那些过分追求极致的讲究说成是“死讲究”。上海人则认为自己的讲究是发自生活态度、为人处世的原则，与经济条件无关，和人的处境穷达也无关。

民以食为天，上海人在吃的方面有诸多讲究。饭店里一块排条开出几块排骨有定数不说，甚至一斤腿肉切出的肉丝不少于多少根也有要求。过去徒弟满师要在砧板上过关，师傅要数肉丝有多少条，数量少了，肉丝变成肉棒是不行的，否则怎么做出扣三丝这样美味的本帮菜？守着这份讲究，上海人能把日子过出精细的感觉。菜场里常常把鸡头颈、鸡脚爪、鸡翅膀和鸡壳子等分开卖出不同价格，用这些食材量身定制出各有风味的菜肴，连看上去不起眼的所谓小鸡肚肠和鸡血鸭血等落脚货，也能单独出售，供人制作鸡鸭血汤。这些虽然是下脚料，但上海人会讲究地把肝肠切得整整齐齐，血块弄得方方正正，上面还要漂些黄色的蛋皮，撒上翠绿色的葱花，出锅时再滴上些许鸡油，孜孜以求的是色香味俱全，你食用时能感觉到那富有咬劲的肝肠、滑爽的血块，鲜美的汤汁里蕴涵着一份自在的惬意。

在贩鱼的摊头上，有的鱼因为头尾长得比较夸张，菜场里就把头尾和鱼身分开卖，一条鱼从而演化出红烧鱼块和红烧头尾(上海菜谱里将红烧鱼尾叫作红烧甩水)两道菜。猪后腿一般可以分成腿肉、蹄髈、脚爪，但上海人偏要讲究地在蹄髈和脚爪之间再斩出一个称之为脚圈的东西来，因脚圈比蹄髈和脚爪的肉更嫩，脚圈汤比蹄髈汤也就能更卖得出价钿。曾记否，国门打开后，“澳洲龙虾”游进了上海菜场，上海人又以讲究的态度时兴起龙虾三吃，除了生吃和油焗以外，还把上海泡饭发扬光大，将原本可以丢弃的龙虾头尾和米饭烩在一起，熬成了香味诱人的咸泡饭。可见，以上海人丁是丁、卯是卯的讲究，主流菜系里是难以出现“乱炖”这样的品种的。

上海人吃荤菜讲究，吃素小菜同样不马虎，咸菜炒毛豆子，毛豆子煸大头菜，这些反复吃、吃反复的家常菜，尽管食材价格低廉，但依然高调制作：咸菜必定切成三分见长，才能和碧绿生青的毛豆子相配；大头菜必须切成细细的丁，然后才能加上油和盐煸炒，照样讲究色香味俱全。茭白素来为上海人喜爱，上海人家里特别注意砧板上的刀功，茭白可以切成滚刀块或切成丝，滚刀块要大小匀称，切成丝的茭白不仅要求粗细均匀而且不能出现连刀块。 我小时候一次外公生病，我做了一道茭白丝炒肉丝端上桌，外公的筷子头挑起一筷子粘连不清的茭白丝数落我说，做生活一点不清爽，今后到社会上会被人看不起的。

以前上海人的家里吃饭还是讲究一点仪式感的，尤其是家里的老人常常用“老法头”来教育小一辈。 比如外公看到我像掘烂泥般盛饭时，总要抢过饭勺示范一番，即用饭勺将钢盅镬子里的饭打松，使得镬子中间和边缘的饭均匀调和成粘连的米粒，然后再盛到每一个碗里，这样盛出的饭在碗里不会显得张牙舞爪，而且软硬和谐，童叟无欺。 吃饭时他还总不忘提醒饭碗要端牢，不可以嘴贴着碗边扒饭，用筷子搛菜不能翻挑，也不能隔着别人的筷子头搛菜。 吃饭时不可多说话，说话一定要放下筷子再说，切不可拿着筷子点点戳戳，显得没家教。

过去“毛脚女婿”第一次上门，未来的丈人丈母娘也是要在饭桌上看吃相的，因为穿着光鲜而吃相不雅者，上海人背地里将其称之为“洋装瘪三”。 在有教养的上海人看来，有铜钿人家不一定等于好人家。

人说，佛要金装，人要衣装，上海人在穿着打扮上自然有一番讲究。 首先是讲究整洁，在石库门弄堂的斗室里，居住环境局促，但走出陋室的上海人，总希望以整洁面貌示人。 以前，石库门里的男人即使住在亭子间或三层阁里，临睡前也不忘将西裤折出一条缝来，压在枕头下或吊在木杠上，使得裤缝的这条“筋”

挺括。沪上以前的所谓“老克勒”自己擦皮鞋时，也是不会忽略皮鞋边缘上的灰尘的。

当然，在穿着讲究上有代表性的是上海的女性朋友。石库门里讲究穿着的女性，不打扮是不会出门见人的。从前虽然没有名目繁多的化妆品，但不妨碍她们因陋就简打扮自己。值柳枝招展之时，将杨柳枝烧成焦灰作眉影粉，据说还是脱胎于古法。20世纪五六十年代，上海的弄堂里经常可以看到卖榆木刨花的小贩，女人们将刨花用热水浸泡出粘稠的液体，把这种液体装在小罐里备用，需要时用蘸取刨花水的梳子梳理头发，顷刻光可鉴人，且发际间散发出一种淡淡的透发着自然气息的芳香，很契合上海女人的品性，可惜这种天然环保的化妆品现在已然芳踪难觅。以前经济条件好的家庭不多，一般到过年过节才会添置新衣服，衣服破了难免加补丁，但即使是补丁也是要讲究针线针脚匀称，巧媳妇们的补丁线脚严密，俨如黑胶唱片的密纹一样。而补丁的布一定是剪得方方正正，边势翻翘在里面，犹如艺术品般精致。这里“秀”的不是衣料，而是主妇的生活态度和手艺。

上海女性朋友在穿着上讲究简约。现在条件好了，有人不断地添置新衣，然而打开衣橱觉得还是少一件。其实上海大多数工薪阶层的女性，讲究理性地管控好自己的衣橱，不求多但求精，每次整理衣橱，都在对买什么怎么买进行斟酌，她们宣称这不是钱的问题，而是智商、教养、生活态度的问题。细心人可以发现，从一个人的穿着上可以看出品味和理家持家的能力。

上海女性朋友的穿着讲究搭配，衣着和自己的气质、身材、职业相配，以免把几万元的衣着穿出地摊货的感觉；反之，如果搭配得当，几十元一条的丝巾也能气象万千。除了衣着和自身搭配外，还讲究出客的方向，到哪里去，和谁在一起相搭，以免和自然、人际环境不符。穿着讲究的女性们还会考虑自己的衣着和交通工具相配，绝不会手提名牌包包，身穿名牌服装去挤地铁。她们从骨子里认为，豪华的盛装有时候只是说明有钱，而低调的优雅无论是与生俱来还是后天习得都自带光芒，它代表的是教养。

上海人种种讲究的背后，其本质是什么？有人说是爱面子，有人说是清高，有人说是缘于上海的海派文化，说法不一而足，可能是综合因素使然吧。我以为，值得称道的是上海人对这份讲究的执着坚守，即使在条件有限的情景里也能做到简而不陋，粗而不俗，即无论穷达都不愿苟且。至于有人诟病上海人的讲究属矫情和小家子气，这在认识上也难免偏颇，至少讲究总比不讲究好。真心希望和应该期待的是，上海人的这份讲究不要局限在私域一角，而要更多地向公共领域延伸，如在干湿垃圾分开放置、养宠物不扰邻等方面尽可能多讲究一点，使得上海人引以为傲的那份教养能够发扬光大、代代相传。

之十二　那些年，上海人的“巧”

上海人崇尚“巧”，因为灵巧、乖巧的反义词是呆板、笨拙、迟钝，所以在上海家庭里浸淫长大的孩子总记得长辈们的话，就是做人要“巧”，否则吃不开。

上海人手巧，以前出于经济原因，能自己制作的就不会到店里买现存货，于是家家户户时兴手工活计，且经常互相交流切磋技艺。20世纪60年代男青年的本事之一是做家具，有一段时间，木材也是紧缺物资，本市居民买木材还要凭户口簿。根据经济实惠原则，拿着证明身份的户口簿，到木材店挑挑拣拣，寻寻觅觅淘木料，再零敲碎打地凑齐猪血老粉、泡力水、香蕉水、蜡克等一堆油漆材料，把石库门的天井作为工场，按照图纸依样画葫芦，个把月时间，一套当时流行的捷克式家具就大功告成。

那时候女孩子梳发型赶时髦，到美发厅开销太大，她们就自己用火钳对着梳妆台的小圆镜烫头发，再用塑料卷发筒固定发型，一番功夫后浑然从美发厅出来一样。如果觉得还不够靓丽，女孩子还能用自己的一双巧手仅凭些许布料，制作出一朵美艳的头花插在发间，俨然锦上添花。当今的孩子们手里的长毛绒玩具，基本上是父母从商店里买来的没有个性的统货，而那时很多女孩手里没钱却心灵手巧，会用自己的一双巧手，将彩色的玻璃丝带编织出个性迭出的小动物，或放在家里自己把玩，或互相交换联络感情。

以前上海的女性流行做女红，例如现今难得一见的盘镶钮，巧妇们用灵巧的手指，驾驭着细巧的针线，在彩色的布条上精耕细作，单个的纽扣就是精美的手工艺术品。巧妇们把上海人过日子的精致都盘揉到扣子里去了。

那时冬季里我们身上御寒的不是轻薄的羊绒衫，而是厚实的绒线衫。绒线衫的织法分成平针、元宝针等，花样迭出。石库门里的午后斜阳下，可以经常看到一群阿姨妈妈围坐在客堂天井里，边织绒线边聊天的温馨场景，还不时能看到隔壁邻居的女孩子们用钩针按照店里卖出的花样，拷贝不走样地在客堂间里钩台布，撑紧绷架绣枕头套，旁边则站着几个巧媳妇或指指点点地指导，或啧啧地称赞某个闺女的心灵手巧。

日本是一个重视“匠人匠心”的国度，他们把手工产品的地位看得甚高，更把手工活称为“心的劳作”，可见心手相通。当今快节奏生活的压力之下，手工有重出江湖之势，不过其功能不再是为了省钱，而是转换为满足人们在手工中寻找自我，回归自我的人文需求了。

还有一类“巧”称为“乖巧”。在上海人的语境中似乎属中性的，可褒可贬。上海人深知谈吐得法是要修炼的，若修为不够，即便是高智商的人也难免会说出低情商的话。被石库门里的老人家赞赏的乖巧小囡总是那些谈吐得当、能鉴貌辨色、看人头讲话的巧八哥脚色，知道什么时候可以说话，怎样说话博人愉悦，话说得圆圆转转，让人意会，给人留面子。老人告诉自家屋里的小囡：一句话可以使人笑，一句话可以使人跳，因此一定要学会好好说话。弄堂里发生邻里纠纷，总会出来一个德高望重又能说会道的“老娘舅”摆平是非，息事宁人。这时家里的老人就会在自家孩子耳边进行现场案例教学，不放过任何一个让孩子耳濡目染的机会。

当然，上海人这种嘴上的机巧未必和每个人心底的纯正结合，由此也就难免出现一些巧言令色之徒，所谓“花功道地”，只要有需要，可以把死的说成活的，做人只摆噱头不做实事，一旦得手还能自吹自擂，“反正花死人不偿命，管我啥事体”。可见古人所言的“君子不器”颇为重要，倘若心中无道，光有做人的手段，道器分离的人间社会也许会污浊不堪。

能做能讲关键要心巧，即心里会琢磨。把好事办好，把难事办成是上海人的共同追求和价值取向。这里体现的是为人处世中与人方便即于己方便的精巧。

过去上海的双职工家庭经济条件不好，买不起棉毛裤，而厂里发的面纱手套又用不完，于是就琢磨着把积攒下的手套拆开，还原成纱头后再用棒针织成纱裤，劳防用品摇身变为家用物品，实现了物尽其用。

除了经济实惠又美观舒适的假领头，上海人还发明了节约绒线的领套，它既能护脖，又可增添领上风采，遥想当年万木凋零的寒冬，姑娘们的脖颈上那一道道粉红的亮色曾给我们这座城市平添过几分温度。

在生活资料配给供应的时代，到布店里买来料作量体裁衣，一定会用套裁的方法把布料使用最大化，一件衣服套裁下来一定会附带出一副袖套什么的，再不济也会多出一块鞋面布。 无需布票的下脚料零头布，经过上海人的一番琢磨做出了大市面，零头碎布不仅可变成零钱小包等小物件，还可以变成床套、床沿、沙发布。

虽说是巧妇难为无米之炊，但善于琢磨的上海主妇能把西瓜皮冷拌或热炒做成菜肴，买根油条剪成一段一段的，再辅之以一些萝卜干切成的细丁，如果可能的话再加点紫菜，放上鲜酱油用开水一冲，立马做出一道带有油腥的鲜汤。 家里新添了婴儿宝宝，若妈妈奶水不济，做长辈的会在煮米饭时将开锅时漾在米饭上的汤水滗下来，老人们认为此汤养生，称为米仁汤，用它为婴儿补充营养。 而家家户户淘米时产生的米泔水因为能去油腻，就成为上海人家中天然的无化学污染之忧的洗涤剂，真正是物尽其用。

身在大都市繁忙节奏里惜时如金的上海人，还能够套裁时间，经过精心编排，可以在一个时间段里让几件事情齐头并进，使得有限的时间产生最大的效用。

“君子生非异也，善假于物也”，上海人的心机灵巧在荀子这里找到了注解。但愿这种“巧”，成为一种人文传统沿着正确的方向继续生长，而且不要因为崇尚“巧”而看轻阿甘式的纯朴的钝感力，滤除掉“巧”里的杂质，代之以更多踏实、执着的成分。希望经过所有栖息在上海这片土地上的新老上海人共同努力，将上海特色的“巧”，演化成城市的风格并体现在城市的方方面面，让劳动大军里到处可见能工巧匠，让人际交往空间里处处洋溢和颜悦色，让城市的店招少一点空间上的夸张粗俗，让城市交通的标志标识多一点周全贴心，让家家户户朝着马路的阳台都成为人们眼中的风景……

之十三　那些年，上海人的“轧闹猛”

“轧闹猛”这句上海话大家都耳熟能详，上海作为全国的中心城市本来就人口众多，加上来沪的游客逐年增长，用导游的戏语说来，就是“到了长城看墙头，到了上海数人头”。仅人多这一项，上海已经够闹猛了，问题是有的上海人还热衷于轧闹猛，其表现形式及心理背景倒是令人玩味。

其一是瞎起哄，起蓬头。看到哪里人多就往哪里去，心里生怕漏了什么好事。以前生活物资紧张的时候，几乎什么都要排队，所以人们只要看到哪里排长队了，就条件反射式地默认为在抢购紧俏物资了，所以不管三七二十一先排上队占好位子，再向排队的队友打听买什么东西，轰动效应之下，一个人抢着排上队，又引得众人如过江之鲫盲目效仿，以至于分钟之间，莫名其妙地排出了一字长蛇阵，及至一问并无什么紧俏物资卖，于是再狐疑地你看我，我看你，好似要找出一个没事找事的始作俑者，然后在众人的一脸无辜相里队伍一哄而散。现在的物质生活已经极大丰富，不再需要“急吼吼”地轧闹猛排队了。但是有人觉得不闹猛不好白相，君不见强大的网络上每隔一段时辰都会有事没事地冒出一些所谓的网红食品，经过网络起蓬头，招引得众人都去排队，倒是为商家起到了很好的促销作用，尝鲜者即使吃到嘴里自觉不过尔尔也无所谓，毕竟也算轧过闹猛了，至少以后万一聚众闲聊起来不会显得落伍。

诸如以上行为对社会生活并无害处，但也有一些轧闹猛起蓬头，却以在社会上搞些动静出来为乐事，一看到有闹猛的苗头出现，就希望蓬头越大越好，所谓看热闹的不嫌事大。遥想当年“文革”初期马路上三天两头锣鼓喧天大游行，弄堂里不谙世事的小朋友也欢喜钻到游行队伍里轧闹猛，有的还煞有介事地扯块红布缠在左臂上，像窜条鱼般在队伍里窜进窜出。看到中百一店楼上有人向下面撒传单，雪片样的传单飘洒下来，下面轧闹猛的小八腊子趋之若鹜，也算经了风雨见了世面。扫“四旧”的风潮刮进弄堂里，上门抄家者将抄家所得的尖头皮鞋放在弄堂里示众，还鼓动更多人走上街头搜寻穿尖头皮鞋的路人，一经发现即采取“革命行动”，将尖头皮鞋拿下，然后不知从何处搬来一把大铡刀将这些皮鞋的尖头齐齐轧去，颇有当年虎门销烟的派头和气势。和轧尖头皮鞋配套的“革命行动”是剪小裤脚管，红卫兵们一手拿皮尺一手握剪刀，在马路上看到裤脚管较小的就上前量裤脚，只要小于规定尺寸的就不容分说，用剪刀自下而上剪到膝盖以上，任由剪开的裤脚在风中飘荡，又引来众人轧闹猛的眼光。现在这样的风潮虽然已成过往，但网络社会里不问是非，不论真假，盲目跟风起蓬头的行为并不少见，由于其所产生的蓬头效应甚于传统社会，就容易裹挟更多人在网络社会里轧闹猛。

《菜根谭》里有言道：是小人，欢喜君子犯过，唯恐天下不乱也；是君子，耻听小人之恶，不忍世间纷争也。轧闹猛者的原始动力可能只是行为人自身的不甘寂寞，总觉得在有序而理性的世界里弄出一些异样来才足够刺激，他们满足于冒出来的蓬头效应，至于蓬头里面有多少理性成分和是非曲直，对社会进步有否作用则不在他们的兴趣之列。

其二是轧闹猛，不言语，看白戏。有些人看到有闹猛事体出现，不自觉地就趋步向前看个究竟，所谓不看白不看，自以为看看又不要紧的，因为上海人把不出钱看戏叫做“看白戏”，免费看戏足以自慰也。当然闹猛的地方也是容易滋事之地，所以弄堂里的大人教育小人的腔调不谋而合：“人多、闹猛的地方覅去”，“安心读书，闲事覅管”，看来从古至今的道理都是有人生经验在里头。现在到了节假日旅游景点大客流导致的群体性伤亡事故时有出现，说明轧闹猛的心理还是难以抵御。

轧闹猛看白戏的一般不会主动地起蓬头，“吃瓜群众”“捧着保温杯的中年男人”，这些网络上的流行语很有画面感。城管整顿无证摊贩、交警整顿交通秩序等场景里都不乏围观群众，有时候执法一方即使遇到蛮不讲理的违法者，围观的人也不言语，装傻充愣，微信里就有一个形象的表情包叫做“我不说话，只是看看”。对这些人而言，事情越大，积累的谈资就越丰富。极端的例子是某地有人跳楼，楼下有些围观的群众仍然淡定从容，甚至有鼓动跳楼者，这种极端冷漠的表现真令人不寒而栗。

诚然，俗话有言道“管闲事，落不是”，使得世俗式的精明里头有了事不关己，高高挂起，明哲保身的做派，但是俗话虽然是生活经验的提炼，其中却有消极的糟粕。轧闹猛者既然不乏“入世”之心，却在是非面前以“出世”姿态不作为，难免显出了做人的不厚道。

其三是心无主见，追随大流轧闹猛。他们不但行动上跟着闹猛的脚步走，言论上也做人云亦云的应声虫，当别人的话锋转了，他也跟着转，甘做墙头草。在众说纷纭的场景中，总能看到一些言之凿凿的应声附和者，总能看到一些信誓旦旦的敲边鼓者，在这些貌似多数的群体里其实有一大批只是随大流轧闹猛而已，这些人心理上不希望自己在社会生活中落伍，但又没有主见，只是看着人多凑个热闹，刷个存在感而已。正因为如此，一旦这种选边站队要付出成本代价时，这些轧闹猛者就会心虚气短显得无所适从，露出缺少素养的底色。即使轧了闹猛，随了大流，心里还是不明就里，于是总要以探寻的目光发问，用现在的时髦语言作画外音就是“我读书少，不要骗我哦”。在芸芸众生里，能够做到“人云亦云不云，老生常谈不谈”的固然不易，但是既然书到用时方恨少，那么为何不用轧闹猛的时间多多学习呢？ 毕竟开卷有益，不学不贤，学而成美。

法国社会心理学家斯塔夫·勒庞在《乌合之众：大众心理研究》一书里说，盲目聚集在一起的个人，容易不自觉地丧失社会责任，暴露出自己不受到约束的一面，容易陷入盲从、偏执和狂热。 这或许可以作为轧闹猛者的注脚。

之十四　那些年，上海人的“拎得清”

“拎得清”是老上海人熟悉的词语，如今上海方言日渐式微，“靠谱”则成为年轻人口中的常用语，两者的语义好似有相近之处，但“拎得清”比“靠谱”的适用性更广，表达出来的语感更强烈更传神。前者在上海人的心中不仅表明的是靠得住，而且代表着睿智、通达、简洁、精明、高效、善解人意等品质。

“拎得清”简称为“拎清”，其重心在于“清”，过去老上海人问他人：“侬拎清了哦？”对方只要回答“拎清”，就犹如对接上了本地人的文化密码。现在习惯普通话的年轻人喜欢用“明白”来表达。其实“明白”和“拎清”之间只能用约等号，在某些语境下，说话者不能把话说尽，只能“豁只领子”，此时，“拎清”就要能听得懂人家半句话。在一些老上海人看来，“拎得清”是上海人的标识，是识人头之首要。

拎清者首先表现在思路煞清，观察力强，能够透过现象看本质，不畏迷雾遮望眼。

在理顺思路上，上海人用了一个“拎”字很有动感，语义上胜过眉毛胡子一把抓的“抓”字。不妨想象一下，拎起一件丝绸衬衫的领子顺手一抖，衬衫立马煞挺的场面，反之将衣服的袖子或下摆一把抓起来，结果就七歪八起。所以拎得清者一定会提纲挈领，以收纲举目张之效。拎清了纲领，就理顺了思路，由此考虑问题就能走简洁路线，以需要解决的问题为起点，以预设的结果为终点，以直奔目标的最合理经济的路线来设计行动计划。

拎清者必须体现在表达清，所谓要言不烦。表达方式简洁明了，不啰嗦不绕弯子。把复杂事情深入浅出地讲简单了，谓之拎得清，而把简单事情表述得复杂了就是拎不清。常常看到某些会议场合，有人发言讲话就习惯性地开无轨电车，用北方话形容就是车轱辘话来回说，听着听着好像要结束了，可听着听着原来说过的话题又卷土重来了，让人无法猜度什么是话头什么是话尾，有时真让听者产生绝望感，即使墙上的时钟指示已过午饭时间，说者竟然绝无知觉，这就是一种自以为是的拎不清。此时在场的人虽然碍于情面，嘴上不说什么，但心里肯定充满厌鄙：都是千年的狐狸，跟我讲什么聊斋。人际交往，不必如动物那样通过梳毛来沟通，人是通过语言交流寻找知己的。因此，即使一些看似漫无边际的聊天，也在传递着互相的情感信息，年轻人聊着聊着不对路了，出现了所谓的“尬聊”，也会幽默一下：你把天聊破了，或者半真半假地嗔白道：你会不会快乐地聊天啊。拎得清者，在聊天时必会清楚地知道对方的感受，会照顾到聊者之间的气氛，遵循真话不全说，假话全不说的原则，拿捏好说话的分寸。

拎清者做事一定要清爽，这种清爽表现在做事干净利落，不讨人手脚，不要人擦屁股。有的人做事很快，但是他一个人在前面做，后面得有一批人跟着帮他补漏。如在家里难得下厨，厨房里从上到下弄得一天世界，帮厨的围着他转得七荤八素；在职场里干活风风火火，完工后却经不起检查；有的人做事细致，但是常常拖泥带水，干事出不了活，让人看得肚肠根发痒，这些都不免被人嘀咕出“拎不清”三个字。

拎得清者做事往往分得清轻重缓急，而且把好节奏，有条不紊，循序渐进，结果清爽，过程也清爽，给人有良好的预期感，让人放心托底。拎得清者做事深知承诺的分量，事前不说满口话，更不开空头支票，说到必定做到，做的常常比说的还好，有的事只做不说，有的事多做少说，有的事边做边说，有的事做后再说。

拎得清者做事知道在合适的时间合适的地点做合适的事，不会盲目造次，给人一种得体、自在的感觉，用上海人的老话讲就是做事体有清(轻)头。

拎得清表现在为人处世上识时务，会“看三四”，在公众场合读得懂公众的意志和集体认同的行为，会顾及他人的感受，自觉对标，选择自己的谈吐举止。这一点上海人和日本人有相似之处，日本人的流行说法叫“读懂空气”，与“看三四”有异曲同工之妙。现在被人诟病的通勤地铁里吃早点，公众场合哇啦哇啦打电话等行为，按传统眼光看来就是不合时宜，属于拎不清范畴。

想当年在里弄里生活时，逼仄环境下孕育出了拎得清的行为准则，那时晾衣服都在弄堂或天井里，那也是夏天时上海人的乘凉地，晾衣服的都会把衣服拧得很干以免水滴下来；酷暑下的房间里闷热难耐，后厢房的人家即使露宿在弄堂里也不会忘记把自家的门窗打开，让睡在前厢房里的老邻居享受到穿堂风，这些日常琐事如果要邻居发声音再做，就少了相互默契的愉悦感，一定程度上就显得又有点拎不清了。

上海家里的长辈们当家理财一辈子辛辛苦苦，子女长大了，自己也老了。一旦自己的智力体力难以撑持，再加上新老之间出现价值观和行事风格差异，到了某一天，拎得清的老人会突然宣布不再操持家里一切事物，当甩手掌柜，落得个清净和谐。

上海男人即使再惧内也是要面子的，如果场面上有什么不得体的举动，上海拎得清的女人即使再“作”，公共场合也会装糊涂，或者嫣然一笑飘过，一切回家再说。

兴许是老上海的海纳百川、五方杂处磨出了拎得清的文化默契，“拎得清”的表现林林总总，可谓一言难尽，有的甚至只可意会不可言传。不知如今的上海人，是否还有一份心思去体会老上海人眼中的拎得清，从而做拎得清的上海人呢？

之十五　那些年，上海人的“借一借”和“让一让”

在上海市民的社会生活里经常可以听到“借一借”和“让一让”的讲法，而这些挂在人们嘴边的话语实际上透露着一些上海人的生活理念。

用上海话讲的“借一借”的借，取的不是借进借出的语义，而是表达凭借、依靠的意思。这个词语出自善于在螺蛳壳里做道场的上海人之口，有其客观必然性。过去，在逼仄的环境里呆得厌烦的上海人常有烦言道：“上海独多的是人”，以此埋怨人际空间距离的不足。于是在弹丸之地如何让空间利用最大化，人际摩擦系数最小化，在老上海人心里默认了“借一借”。

想当年，老式里弄里一个石库门住着十七八户人家，共用一个灶披间，还不是因为互相“借一借”，才放下了每家每户的煤球炉、切菜台等吃饭家什。小青年结婚无房，还不是凭着借天借地，搭搭放放，弄出来一些空间，容下了一个个新开伙仓的小家庭。

想当年，拖着两根小辫子的公共电车里拥挤不堪，极端情况

拥挤不堪的公共汽车
（IC Photo）

排队乘车的市民
(IC Photo)

下，平均每平方米的空间竟然要放下去十二双脚，而常规测算只能安放八双脚，那么必然有人只能呈金鸡独立状了。挤上车不易，挤下车更难，如果没人让你，可能就下不了车。所以，只要电车一关门，拥挤的车厢里就会响起“对不住哦，借一借”的打招呼声，这是挤在车厢里面的乘客向靠近车门的乘客发出“借”空间的请求。而前面的乘客或侧身或踮脚，或挺胸贴肚，让要下车的人一个身位一个身位地腾挪出来，等到电车到站，车厢里已经完成空间转换，车门一开，人就能鱼贯而出。如果没有这样的“借一借”，乘客之间互相屏煞，乘客下不来也上不去，有了这个关上车门后的互相“借一借”，才换得了上车落车的宝贵时间。

由此推演，生活中的上海人，当遇到不顺遂时，常常劝人转转身子，勿要一根筋、霸王硬上弓，而要巧借力，其实就是说要通过“借一借”，换出彼此相处共事的兼容空间，让原本不通的路走通，让原本不顺的事变顺，让山重水复转化成柳暗花明。

上海人的“借一借”里有着生存智慧和处世方法。

上海人口中的“让一让”，表达的意思里有谦让、礼让、避让的内容。在人来人往的上海，要做到人际关系和睦，为人处世间少不了这种“让一让”。

上海人通过“让一让”，使得人际关系里产生了有分寸的距离感，也正是这种所谓的安全距离，使得大家觉得舒适自在。现在排队人群里很少再看到前胸贴后背式的现象，特定场合排队时的一米线退让更已成为自觉。有的家庭老少两代人有意识地分开居住，也为的是让出各自的自由空间，但又保持着“一碗汤的距离”。

上海的老人过去教育小辈，话语里经常讲到行得春风有夏雨，做人能让则让，能帮则帮，得理要让人，有理也要让三分，要留个台阶让人下，要留条路让人走。所谓做事要留有余地，表面上是为别人留了余地，实际上也为自己留下了回旋的空间。这就难怪邻里之间吵相骂，旁边就有人劝：侬少讲一句，让一让人家，身上又不会少块肉，一只碗不响，两只碗叮当，大家少讲一句好唻。这些言语里充满了“让”的谦和。

记得过去上海街面上的店招，都讲究精致细巧，和而不同。商家之间比邻而居，不会互相在店招的大小上争高低、别苗头。这里暗合着古人“夫唯不争，故天下莫能与之争”的道理。可是不知何时起现在有的商业街上，店招不嫌其大，明明是小开间门面，非要立个大招牌顶在门楣之上，越是城乡结合部地区，越是店招往大里比，这和越是势弱越要逞强摆阔似乎同理，北方人称此为穷抖落。

上海人多车多，经过交通大整治，现在很少有车子占停划黄格子的地方了，这种让一让的“留白”，使得纵横之间的交通有了回旋余地。车多，停车位少，经过物业和居委的斡旋协调，不少居住小区发扬了“让一让”的精神，让有限的车位错时利用。其实“让一让”的精神不仅有利于文明，而且关乎效率。如马路上车子转弯礼让横道线上的行人，比较理想的状态是政府倡导，市民自觉。驾车的注意礼让行人，行人注意照顾车辆通行效率，这种互相照应的德治效果比强制性的法治效果还要好。

在超大型城市，人的生存资源比过去更为紧张，需要互相“借一借”，以科学地用好空间资源，互相“让一让”，以调适好人际关系。这一借一让里，也彰显了大上海之“大气”，体现出上海人之“谦和”。

之十六　那些年，“便宜没好货”

有些上海人欢喜贪小便宜，一些兄弟省市朋友也因此诟病上海人。其实贪便宜在人群中有普适性。上海人常说便宜没好货，这里面既有生活经验的总结，语调里又不乏贪便宜买到假货、落脚货、劣质货等的懊悔和愤慨，由此再一次体会到“一分价钱一分货”此言不虚。然而便宜货的诱惑岂是常人所能抗拒的，甚至有人还对试吃试用十分青睐，商家只要打出免费的旗号，立马可能迎来一批人追逐这种福利，即使这物品不适合自己也依然趋之若鹜。

买卖之间无非讲个价格公道合理，为此讨价还价是常有的事。当然有的卖家有足够的品牌自信，觉得自家的商品就是不二价，认为只有地摊货才和人议价。其实讨价还价只是追求一个公平交易，而里面的算计和博弈又不亚于一种心理游戏，这种过程中的乐趣正是不少人喜欢在自由度较高的街市里买东西的原因。

讨价还价的过程近似斗智斗勇，为了抵抗买者杀价，卖者提足勇气开高价，买者明白了这头戴三尺帽的路数就敢于拦腰砍一刀，说价瞬间演绎为很有传神感的砍价，砍价之狠为的是摸清底线，而卖者则虚与委蛇让你摸不清底线，一来一往考验着双方的智慧和判断力、意志力、决断力。博弈进入相持阶段，买家担心被卖家“斩洋葱头”，做了“洋盘”，所以有的“嬲功”好生了得，死缠硬磨让卖者尽可能让价，而卖者则开始施以小利，诱惑买者接受出价或姿态性地降价，促使买者超计划购买，让买者的心理得到补偿。菜场里的摊主做的是小买卖，也知道送你葱能取悦买菜人，时常看到有的老主顾还会嬲着摊主再多给几根葱，摊主则言道已经不少了，下次来再多给你，也就是让你做回头客。讨价的确需要算计，但在博弈中有些买家常常捡了芝麻丢了西瓜，原因就在于只算小账，不会算大账，精于算眼前账，不注意算长远账。

商品买卖，价廉和物美之间只具有偶然性关系而绝无必然性，既要价廉又要物美，对商家是一种苛求。正因为有一大批消费者的需求旗号上用鲜明的色彩写着价廉两个字，所以就会产生一大批用尽可能低的成本生产出来的商品。也正因为低价的商品销量好，所以商家就在压缩成本上而不是在商品质量上下功夫，以至于假冒伪劣商品屡禁不绝，由此出现的局面使商家陷入了恶性的低成本竞争，也相应地拉低了消费者的生活质量。更要注意的是，厂商困扰于低价竞争会造成劣币驱逐良币的结果，长此以往，何来社会呼唤的工匠精神和中国产品的信誉。问题是这种取向不是仅存在于私域，而且也见诸公域，如不少单位的招投标偏重于商务标而相对忽略技术标，往往简单地以低价者中标，而不去研究这样的低价是否能达标，使得不少工程项目进行到一半，要么被发现粗制滥造，要么不得不重新加价，这已经成为有些投标者的习惯套路，而这时真正一流的不愿屈就的企业恐怕早就被逆淘汰了。 由是观之，如果一味以低价为准绳作为购买取向，对社会进步而言，将构成一种反向力量。

有时候消费者常常会忘记“一分价钱一分货”的常识，买到了便宜货后沉浸在“赚到了”的喜悦里，而不去深究手中的商品价格是否合理。 其实只要冷静想来，有些便宜货的正常合理成本是不可能有如此低的价格的，造成过低价格的原因无外乎两个，即此货有假，不正宗，或是厂商倒贴消费者，而后者的可能性微乎其微。 至于来自打车软件的“烧钱”竞争产生的倒贴福利里面，既有用一时的低价甚至贴补来占据市场份额挤垮竞争者，争取长远价格垄断的用意，更有获取消费者的私人信息、积累消费偏好的数据的战略谋划，要知道这些消费者的信息数据已经或正在成为比货币更有价值的东西。

现在给予的，给予者将来一定会加倍拿回去。 说到底，天下没有免费的午餐。

以往利用行政力量统一定价的范围很宽，没有价格竞争机制，不少商品价格稳定，在统一的价格之下，纯粹假冒的产品会相对少些，当然也会有不在提高生产效率上下工夫的不法厂商偷工减料获取非法利润，所以那时的买家虽要货比三家，不过主要比的是质量孰优孰劣；现在大部分商品价格放开由市场定价，倘若消费者不关注商品价格的合理性，低价购买的倾向将进一步助长无序的低价竞争，消费者货比三家的眼光也将降低到需要辨别商品真伪的地步，这就值得全社会去反思了。所以当我们在质疑某一项餐饮食品的质量时，也要关注其在人们心目中的心理价格，是否因为这个心理价格定位，造成了这产品的质量定位；当我们对某一项社会服务产品(如物业保安)不满意时，也请关心一下提供这项服务的人员的报酬，即你的购买价格是否合理，实际上这也是市场经济等价交换的原理所决定的。

作为理智的消费者不会盲目追求低价，而会研究性价比的合理性。

所谓便宜没好货，好货不便宜。道理很简单，真理很朴素，只是人们时不时会犯些糊涂。只是个人犯糊涂还不要紧，问题是我们的社会不能犯糊涂。过去我们讲多快好省建设社会主义，窃以为，至今而言，好和省从讲究质量及节约原材料角度来说无可非议，但多和快在短缺经济时代是需要的，当产品极大丰富以后，一味强调多，就可能造成资源浪费，产能过剩；一味强调快，可能就会出现粗制滥造；一味强调快，还可能出现只管生产，不管市场销售，更不管售后服务的情况。尤其是现在中国经济正在转型期，如果还是以量取胜，造成市场上供大于求，就只能薄利多销，甚至削价销售，出现生产者长期维持低收入、消费者的消费又升不了级的局面。

第二章

往事钩沉：西藏路和福州路

黄浦区在老上海人语境中就是闹市区，当然，“闹猛”和“高雅”是两种格调，否则以前就不会有外地人逛南京路，上海人趦淮海路一说。在老黄浦，除了南京路、外滩等以外，其实有两条路是值得说道的。一条就是西藏路，它贯穿着老南市和老黄浦，其北段和南京路相交处又正好是南京东路和南京西路的分界线。还有一条就是福州路，它从人民广场直通外滩，在外滩且正好处在号称万国建筑博览会的外滩建筑群的中部，汇丰银行大厦的位置；而且这两条路的交会处又恰好是人民广场，可见这两条路在地理空间上的不同凡响。笔者有幸在青少年时代就生活在这个不同凡响的空间里。现在每当走过这两条路，总是备感亲切，尽管触目之处有新楼拔起，但是心里沉淀着的却多是这街上的陈年往事。

之一　回眸西藏路

在西藏路上，有八仙桥、大众剧场(原黄金大戏院)、大世界、青年会宾馆(原为基督教青年会旧址)、工人文化宫(原大方饭店)、宁波饭店、丁香饭店(原万寿山酒楼)、和平电影院(原为皇后大戏院)、沐恩堂等等，按现在的流行讲法，可称之为饭店宾馆旅游业一条街。西藏路与繁华的南京路“纵横”交错，到了晚上灯红酒绿，俨然是旅游中心的范儿。

在短缺经济的20世纪六七十年代，大饭店、大商场与我们是无缘相交的。到了赤日炎炎的夏天，想“孵空调”也是走不进这些店堂里的。饭店门口的门卫一副只认衣衫不认人的腔调，我们在孩提时代就领教过的，所以真正接近我们的是一些小店家。

丰实水果店市口极好，在西藏路福州路口的西南角上。苹果、生梨等四季常有的水果一概素颜朝天，以本来面目不加粉饰地散放在货架上或箩筐里，消费者不用煞费苦心地去辨识哪种水果被上过蜡的，哪种是被涂过色的，哪种是被硫黄熏过的……苹果、生梨作为主打商品，有黄蕉、青蕉、红玉、国光苹果、莱阳

賣西瓜
豐富水果
店给我印
象最深的是
到夏天竹编
的箩筐里長長
的是平湖西瓜
賣西瓜的桌上放
着一把長長的
西瓜刀平湖瓜被
瓤黑籽總是
好瓜
维昌画

杨维昌　作

现在是邵万生老字号食品店的地方，过去就是丰实水果店。

梨、砀山梨、上海蜜梨等，但即使是过节，买了苹果来装点家中果盘的，多数还是两角八分一斤的国光苹果，和生梨中最便宜的水分少、肉质粗的木梨，这是家庭的经济基础决定的。

丰实店给我印象最深的是到夏天，店家把四十支光的电灯泡用电线拉到店外上街沿上跨门营业，搭起摊头吆喝着卖西瓜。竹编的箩筐里，长长的是平湖西瓜(有点像冬瓜模样，现在看不见了)，圆圆的是8424，一张长桌上放着一把长腰腰的西瓜刀，成熟的平湖瓜被切开后露出黄瓤黑籽，面上泛出沙沙的瓤，很是诱人；8424切开后，红瓤黑籽坦露出来，一眼瞧去细皮嫩肉的，煞是好看。这些瓜被切裁成一片一片，每片或五分钱或七分钱。大热天里，享用者不分贵贱，在摊边站定，一片瓜吃完，那真是爽口解暑。与八分钱一根雪糕相比，西瓜片的性价比来得高，冰凉的雪糕吃完，嘴里只有短暂的凉意，而一片西瓜啃完，能爽到心里去。打开的西瓜使得夏夜熏风里都飘荡着一缕缕鲜果的清香气息，卖瓜的则一声高一声低地吆喝："西瓜煞拉里甜额来"，"保开西瓜只只里熟额来"，吴侬软语飘进周围乘凉摇扇人的耳里。这时大人会从兜里掏出零碎铜钿，给身边孩子买片西瓜解馋。如果遇到西瓜大量上市，四分钱一斤的时候，家家户户会买上几个放在家里，吃的时候用井水浸半天，晚饭后用菜刀剖开，听到"扑"的一声，就知道买到熟瓜了。当然也有熟过头了，瓜瓤酥脱，缺少水分就不甚解渴了。

吃罢西瓜，把瓜皮留着，切掉绿皮，就是中医称之为西瓜翠衣的物事了，撒搓上盐花，稍后揉捏再晾干，可以生拌着吃，也可以作食材炒着吃，可惜这道菜现在寻常人家也不屑于做了。西瓜籽的命运还不错，至今还是人们舌尖上的宠物。传说嗑西瓜子起源于北方，因为北方有“猫冬”的习惯，西瓜子有吃不厌、吃不饱、须剥壳三大特点，所以到了冬季，陪伴人们消磨时光的非有此物不可。在南方虽无“猫冬”之习，但是闲暇闲扯的时光总是有的，再说时常有人说此物富含蛋白质，节俭勤劳的老上海人家不会暴殄天物，总要在啃完西瓜皮后，将此物尽数挑出，洗净晒干，用铁锅炒西瓜子就成了不少人家的家务活。

西藏路汉口路路口的和平电影院现在叫和平影都，其实不改名多好，现代人应该要知道老地名的价值，它具有历史地理标志的意义。解放前这里叫皇后大戏院，解放后改名和平电影院，“文革”中不要和平要战斗，一度更名为战斗影院，来回折腾也够忙的。此影院历史悠久，和南京路的大光明、西藏路泥城桥畔(现西藏路桥)的大上海电影院齐名。那时候会乐里家家户户没空调，一到大热天这电影院门口就是我们蹭冷气的黄金宝地。和平影院毗邻南京路和人民大道，市口好。商场上讲究“金角银边”，和平电影院正在西藏路汉口路的弯角上，在这寸土寸金的地面上，无论是“文革”前还是“文革”后，还是改革开放后的今天都有聚集人气的力量。那时电影票紧张，在此等退票的青年男女不少，电影院也成了年轻人恋爱约会之地。倒卖粮票、布票等各类票证的黄牛也夹杂其中。

和平电影院隔壁有一食品店，大约八开间门面，名为和平商店。店里蛋糕、饼干、各式蜜饯、冷饮、炒货等一应俱全。看电影入场前，不少人会在这里兜一圈，买点小零食进影院享用。夏天里，食品店的冷饮柜台生意最好，附近居民有的拿热水瓶，有的拿钢盅镬子(镬子虽然称呼中有钢，其实是铝合金的)来买冷饮水，无论买几杯都要店家掺上一至二倍的冰水，这样一家老小都能享用了。这店有一后门开在会乐里的弄堂里，商店进货的车子都是停在后门的，所以会乐里的居民在店堂里穿进穿出很是方便，买些开伙仓用的绵白糖、线粉、虾米等食材可以直接从弄堂步入店堂，如果要到西藏路去也可借此抄近路。

西藏路汉口路路口的对面，西藏路的西侧道上以前有一排明亮且卫生的男女公共厕所，当时无论从规模还是整洁上衡量都堪称上品。这排厕所面东背西，而背面紧贴的就是人民公园，如厕者窗口望出去都是葱郁之色，耳听鼻嗅到的是鸟语花香。清晨如厕者中大多是周围的居民，群众的嗅觉最灵敏，对这地利带来的福利，人民群众是看在眼里，喜在心里，是不会错过的。所以每天清晨总能看到不少人行色匆匆地从弄堂里走出来，跨过西藏路，直奔厕所而去。还值得称道的是厕所的外面有一排阅报栏，从《人民日报》《解放日报》《文汇报》《新民晚报》一直到《光明日报》《中国青年报》等一应俱全，如厕减轻了生理负担，再神清气爽地博览群报，吸取精神营养，生理上除垢和精神上吸收养料的吐故纳新在此得到完美结合。

视线回到西藏路。在和平食品店的南侧有一爿照相馆，一爿皮鞋店。照相馆门面只有一开间，但全家福和毕业照、结婚照都可在此搞定。皮鞋店门面有两开间，两边的玻璃橱窗里放着高中低档各色皮鞋，刚走上工作岗位的青年人是记不住中高档皮鞋的品牌的，连低档的皮鞋也买不起，脚上曾经穿过的能称为皮鞋的就是“文革”后期出产的粗猪皮皮鞋。现在的年轻人刚就业就心心热热追求经济适用房，当时的年轻人只能赶经济皮鞋的时髦。这款皮鞋售价七元六角五分，所以青年伙伴们俗称其七六五，尽管此鞋式样笨拙，皮质粗糙，皮面上毛孔历历在目(也许现在的年轻人会觉得很酷也难说)，但论长相终究是皮鞋。对只穿过布鞋和橡胶跑鞋的人而言，穿上人生第一双皮鞋的时刻，心中会有一种从青少年转到成年人的自我认知及奇妙的心理感受。虽说是经济皮鞋，平时一般还不舍得穿，到了“出客”时，用劣质的皮鞋油将粗糙无华的皮鞋尽可能擦出些许亮光来，再穿上一件蓝色或灰色的两用衫，下身配一条灰色的或蓝色的熨压出裤线的长裤就能登上大雅之堂了。

说到脚上的经济皮鞋，就让人联想到那个时代的“领袖风采”，保护两手袖管的袖套因为无甚审美价值，“颜值”不高，此处忽略不表，可是上海人发明的形形色色的挺括漂亮的“假领头”还是要记录一下的。即使在捉襟见肘的拮据年代，上海人还是将时尚进行到底，虽然没钱招摇，但是生活节奏慢，有闲琢磨，那年头就琢磨出了只有领头没有衬衣的“假领头”，学名也叫“节约领”。那时候衣橱里有的那一两件衬衫是不舍得天天穿的，但是两用衫里面，棉毛衫外面或绒线衫外面的领口处总有正儿八经的衬衣领子绽放着或优雅或花哨或严肃的色彩。朋友之间聚会，有人夸奖对方，侬这件衬衫实在漂亮额，对方就会讲，实在不好意思噢，是假领头呀！这是假领头刚崭露头角时的情景对话。等到假领头大行其道时，不用对话就心照不宣，这个领子是空有其表实无其身的假领头。也正因为如此，假领头就是当之无愧的节约领，节约料子，节约洗衣的肥皂，节约洗衣的时间，当然，根本上就是节约钞票。西藏路、九江路口西侧的原绿叶衬衫店里假领头的花样品种远超衬衫，很多人家衣橱里衬衫一两件，假领头却有十多个，夏天没法表现假领头的风采，所以我们就盼望冬、春、秋三季，只要外套上身，脖子上的“领袖风采”就呼之欲出了。

50年代出生的人，兄弟姐妹较多，在人多力量大的时代背景下，多生孩子就是光荣妈妈。等到我们上中学时，发现学校不够了，尽管一个班级有 50 个学生，甚至更多，但还是满足不了需要。在“文革”中，西藏路上的沐恩堂，在“反封建迷信和帝国主义的精神鸦片”的声浪中变身为南京中学。西藏路南京路口的一座商厦变成了工宣中学。前者之所以冠名为“南京”，可能靠近南京路，后者名之为“工宣”，是因为当年“工人宣传队”红极一时。工宣队的主要任务是全面进驻学校帮助改造知识分子的非无产阶级思想。两个学校匆匆开学，师资力量跟不上，教学质量较差，南京中学被人戏称为“板鸭中学”。而今这两个学校早已不复存在，两幢建筑终于回到了它们的前世，恢复了原貌。

和学生时代有交集的还有丰实水果店旁边的文具店，现在已变身为餐饮茶室了。想当初这爿文具店却是颇有气势和派头的，虽是小小文具店却有两个楼面，身居西藏路汕头路路口，门面直对宽阔的人民大道。新学期来临，新课本下发后，我们在里面买了包书纸将新书包起来，黄褐色的包书纸因为纸质柔韧，被誉为牛皮纸。店里面的木质铅笔有铅笔一厂、铅笔二厂生产的硬铅、软铅、粗铅、细铅。记得橡皮是两分钱一块，画图用的大号橡皮是五分钱一块，与之相匹配的当然是方方正正的画图用的“开化纸”了。等到可以调换铅芯的活动铅笔出来后，小伙伴们又在下课后走进文具店买铅笔芯，铅笔芯在笔管里调进调出，弄得两只小手黑乎乎亮光光的，也成就了一番童年记忆。进了中

以上三图为西藏路上的沐恩堂。“文革”时这里变成了南京中学。

学开始用钢笔了，墨水分为蓝黑和纯蓝，前者显得稳重，后者稍显艳丽，字写得不好，就在墨水颜色中换花样。钢笔用了一段时间后，笔尖之间出墨水的缝隙松了，出水过快，笔迹显得粗了，就到文具店里，请修笔师傅将笔尖放到电动砂轮上打磨，之后就又能写出细细的字了。

之二　追忆福州路

福州路是现今上海著名的文化街，但其文化底蕴却是有历史渊源的。福州路由东向西，与其交汇的纵向马路有十二条，在福州路的街面上，尤其是湖北路至河南路之间，卖文房四宝的商店鳞次栉比，店多成市，产生了集聚效应，再加上新华书店、古籍书店、旧书店、外文书店等，真给人书香扑面之感。在儿时记忆中印象较深刻的是有老字号品牌的朵云轩、周虎臣笔庄、百新文化用品商店等。

且说河南路口的新华书店，“文革”刚结束时，第一批重新上市的外国文学作品让人耳目一新，俄罗斯文学作品《普希金诗集》和莱蒙托夫的《当代英雄》，法国文学作品《莫泊桑短篇小说选》《基督山恩仇记》《悲惨世界》，还有意大利著名作家乔万尼奥里的《斯巴达克斯》等公开销售，引来了大批久旱逢甘霖的读者通宵排队。每个从人群里“爆”出来的人手里都捧着厚厚的一叠书，虽然浑身都冒着汗，但大家的脸上都绽放着发自内心的喜悦。后来美国文学作品也上市了，印象深刻的有阿瑟黑利的《钱商》《航空港》《大饭店》。值得一提的是这家书店从“文革”后期开始到80年代初，都设有一个不公开对外营业的专供内部书籍的楼层，地点在二楼，楼道口的墙壁上贴有一张纸，作为纸糊的挡箭牌，上书“内部供应”的字样，使得一般顾客望而却步。不过，知情者只要放胆走进去，并没有人会阻拦。里面陈列的书美其名曰“内部参考”书，意思为不公开销售，只供内部研究参考用。书架上有诸如《病夫治国》《卡扎菲与利比亚》《第三帝国的兴亡》等书籍。那时我的工作单位就在南京路四川路路口与德大西餐馆同一栋的大楼里，离那书店就十来分钟步行路程，所以午饭后经常溜达过去直接上二楼，在书架上找书买书，心中还常有享受“特供”的一份窃喜。

“文革”期间福州路上的外文书店和上海旧书店、古籍书店虽然未闭门谢客，但是由于那时凡是旧书、古籍书都有“封资修”的嫌疑，所以旧书店没有旧书可卖。古籍书店里倒曾看到过《水浒传》，封面上写有“供批判用”。外文书店里只有阿尔巴尼亚画报和朝鲜、罗马尼亚的报纸。

福州路上的笔墨纸砚店在20世纪六七十年代还是生意兴旺的，一轮接一轮的政治运动、大批判，口诛笔伐都离不开笔墨纸砚，当然那时旺销的纸张不是练书法的宣纸，而是写大幅标语的大红纸，毛笔基本以中楷大楷笔为主。不过那时店内的商品不少都是自制自销的，为的是维护品牌的声誉，有的甚至是前店后工厂，所以顾客基本上无购入伪劣商品之虞。现今这些名店店

福州路旧貌
（IC Photo）

招的品牌犹在，却恐怕难以维持自产自销的经营路线了，采购进货的商品难保正宗，至于在贴牌生产、加盟等市场经济的花花路子下，笔墨纸砚的价格不断上涨，而商品的质量和信誉却不见得水涨船高。可见，市场经济虽然活力无限，但倘若无社会诚信体系的保驾和政府的市场监管，难免生出“龙种”变“跳蚤”的无奈。

福州路虽然以文化街而知名，但因其在上海滩上的地理位置特殊，却不缺人间的烟火气。福州路旧时称“四马路”。在早先的英租界里，南京路为“大马路”，九江路为“二马路”，汉口路为“三马路”，依次过来就是“四马路”福州路了。福州路东头是上海的开埠地外滩，西头是跑马厅(现人民广场)，如此占尽地利，在当年的十里洋场要不红火也难。

福州路西藏路路口西北角上的丁香饭店，解放前是万寿山酒楼。我无缘看到当年酒楼的阳春白雪，但却领略了丁香饭店的下里巴人时期。上海人消费得起的，就是九分钱一碗的阳春面，汤清带红，葱花碧绿生青，面条软硬适中，宽汤细面，又香又鲜，既能果腹，又有口舌之娱。现在宾馆里也有所谓的阳春面供应，尽管有其色，但未必有其味，始终吃不出小时候的味道，吃到最后回味下来顿有所悟，是油腥不对，若无猪油，哪有沪上阳春面香呢？阳春面其实就是清汤光面，其素面朝天的阳光模样，使上海人想到了“阳春”这个高雅脱俗的好名字。当年的这款大众面食，现在倒成了外省市人口中的上海招牌点心。过去到过或路过上海，吃过当年阳春面的，现在还会在上海寻寻觅觅，但即使寻到了总有恍如隔世之感，今非昔比，此汤非彼汤，此面非彼面，此味只因昔时有，如今已无少时味。

光面主要解决温饱，如要增加营养，在面上可加肉丝、或鳝丝、或爆鱼、或辣酱、或素鸡，或大排、小排，这些食料，称为“浇头”，就是因人而异个性化了，所谓丰简自便，各由其人。现在政府出台的一些民生政策，也有普惠制上加因人而异的“小灶”，上海人就形象地称之为阳春面加浇头，当下×××+×××的语言习惯很是风靡，如“互联网+”什么的，好像只要一加就等于创新了，这种表达方式想来只不过是拾了阳春面加浇头的“牙慧”，沿袭了阳春面加浇头的思路。

丁香饭店名为饭店，当然供应饭菜。在诸多菜肴中进入我孩提时代食谱记忆的有一道价廉物美的家常菜，就是烂糊肉丝。如果中国菜也可区分出阳春白雪和下里巴人的话，烂糊肉丝这一道菜，可能很多人会把它归为下里巴人一类。而我窃以为烂糊肉丝以它那人无分贵贱、无分老少，地无分南北，一律通吃的派头，凭着它那出自家庭厨房、却登得上酒店饭堂的气势，其在菜肴江湖上的格调应该是融合了阳春白雪和下里巴人两者之品性。

但凡低调却颇具人气的东西都有其缘故。

烂糊肉丝的食材价格亲民，20世纪70年代的工厂食堂里这盆菜只需八分钱。而60年代的丁香饭店里一大海碗的烂糊肉丝只要一角二分。其原料仅两样，大白菜和肉丝，犹如二胡仅两根细弦却能演绎出百味人生。大白菜是蔬菜里最便宜且最耐放置的，朴实无华，无论春夏秋冬一概素面朝天，白玉般的菜帮子和嫩黄的菜叶子搭配起来，俨然一副与世无争又楚楚动人的模样，因此上海人更愿意将大白菜称作黄芽菜，言辞里颇有几分怜花惜玉的意味。大白菜兼容性极好，当然更善于和荤菜打交道，小时候常听外婆说黄芽菜喜欢轧大(dú)道，即和荤菜搭配后味道才出得来。烂糊肉丝里的肉丝则必须选腿肉或里脊肉，是猪肉里最鲜嫩的部分，虽然带了荤腥有点小贵，但只是“丝”就不贵了，问题是烂糊里的肉丝切得像丝不是为了省料，而是只有切得像丝才好看、才显得娇贵、才能挑动味蕾，如果刀工不到位切成了肉棒，此道菜就失去了其细巧的风韵。为了和肉丝相配，体现琴瑟和谐，黄芽菜当然也要切得白玉如丝。

中国菜讲究色香味齐全，且以色为首。一盆烂糊肉丝不以浓妆艳抹的色相迷人，它从容自信，只以本色示人，其黄白相间处偶有葱绿点缀，视觉上给人简洁明快、赏心悦目之美。尤其是遇到肠胃不爽、厌烦油腻的时候，那清清爽爽的颜色，多少总能唤醒一些口腹之欲。烂糊肉丝虽只两味原料，也算有荤有素。肉丝是肉，其营养价值自不待说，但也不要小看了显得有点草根的黄芽菜。百度百科上有载，此君富含多种营养成分，还有清热除烦、解渴利尿、通利肠胃的功效，经常吃它还可防止坏血病。

丁香饭店出来的烂糊肉丝，用筷子搛起来的黄芽菜丝和肉丝还是有形有状的，一点也不“烂糊”，每根菜丝和肉丝都裹着包浆，入口后舌尖上流淌着鲜美之味。我常喜欢将烂糊肉丝倒入饭碗，和饭搅拌在一起，这时候烂糊肉丝的本色充分显露，此道菜的精华仿佛全部融化在饭粒里。尤其是大冬天里外面下着雪，放学回家的我捧着一碗烂糊肉丝饭哗啦哗啦下肚，内心十分满足。

丁香饭店还有八分钱一碗的肉皮汤。肉皮汤的肉皮是猪腿肉上“批”下来的，砧墩师傅用薄刀将皮上肉剔净，皮张剔得越薄越好，再将肉皮晾在风中阴干，让油在通风环境中耗完，之后放到大油锅中炸松，然后放入水中浸发，等到肉皮浸泡得松扑扑如海绵状后，再切成小块入高汤煨透。此时肉皮内浸透了高汤的鲜美，肉皮松软，入口滑腻，唇抿齿嚼，鲜味从松软的肉皮中渗出，游移在唇齿之间，让人回味无穷。小时候弄一碗肉皮汤回家也算开荤了。那时候买一碗(当然饭店里是粗口大碗)肉皮汤却是要带一只小钢盅镬子去，为的是让饭店多加一勺汤，拿回家可供全家享用。寒冬腊月天，用滚烫的肉皮汤淘饭，顿感浑身暖意浓浓，成就了一番肃杀萧条的冬天里的温馨回忆。

丁香饭店朝东贴隔壁有一小弄堂是会乐里的小支弄，这个小弄堂口开有一爿熟食店，每到中午、晚上两个市口总有七八个人排队买熟食，隔着玻璃橱窗，看看浓油赤酱的肉食和鱼肴，鼻息里混着各种佳肴的香味，饥肠辘辘中勾起食欲无限。那时包装食品还没塑料袋，基本上是土黄色的牛皮纸当道，倒是很环保原生态的。店内的师傅用秤称好熟食后，把熟食在木砧上一放，用菜刀斩好、码齐，摊放在牛皮纸上，量小的用手包成三角包，量稍多的包成四方包，如果谁一次买了三四包就是家里请客开大荤了。手里捧着三四个牛皮纸包走进弄堂里，一定会吸引住不少小孩子的目光和鼻息，这目光和鼻息会一直把你送得很远。当然，较受寻常人家青睐的当数猪头肉了。牌子上写着“白切猪头肉”七分一两，猪头肉里既有肥肉，又有精肉，还有连肉带软骨的猪耳肉，吃起来那真叫那个香，这种极具草根性的肉食一般买上三两左右，就可以回家开开心心渳老酒了。

熟食店的隔壁是米店，洋籼米、粳米、标准粉、精白粉、切面、馄饨皮子等等一应俱全。等到山芋上市，装着山芋的粗布麻袋堆放在上街沿上，落地磅秤在人行道上屹立着，家家户户来此排队报到。在定量吃粮的票证时代，一斤粮票可以买七斤山芋，着实划算。而且山芋那东西可以煮汤，可以烘烤着当饭吃，也可以当水果生吃，甚至可以将煮熟的山芋捏成小丸子在油里一炸当菜吃，难怪受到大家青睐。

米店的贴隔壁有一爿口琴店一爿糕团店，口琴店实际上是国光口琴厂的门市部，那年头拥有一个国光口琴，含在口中，吸气吹气之间让苏联时期的《莫斯科郊外的晚上》《喀秋莎》《三套车》等神曲悠扬地从一个个小方格内飘荡出来，就是时尚和洋气的标志。

小时候的记忆中糕团的档次要高于大饼油条的，那爿糕团店里批发自乔家栅的条头糕四分钱一根，赤豆糕四分钱、黄松糕三分钱一块，豆沙方糕五分钱一块，双酿团六分钱一个，还有寿桃、定胜糕等不一而足。其中最受我喜欢、能挑逗起味蕾的当属白嫩娇冶又不失周正的方糕。此君以洁白的米粉为坯，雪白粉嫩的薄坯一碰即破的样子，使人不敢粗野地下手。一块在手，轻轻抬起，轻咬一口，一股细腻的紫黑色琼浆即温顺地流淌进口舌之间，这种甜蜜的滋味之于物质贫乏的时代和年少食甚的年纪，于今还真的难以忘怀且又不可复得。

米店朝东还有十七路电车司乘人员的一间休息室兼调度室，这辆电车是第一辆嵌入我记忆中的公交车，它以通北路为起点站，以打浦桥为终点站，而这终点站正是我爸妈的住处。当我调皮不听话时，外公外婆就用“再不听话就送侬到打浦桥去”的话来吓唬我，因为在周围人的语境里，人民广场是独一无二的上海圣地，我想打浦桥既然是终点站，又是桥什么的，一定是“乡下头”了。夏天乘风凉时我们也时常坐在车站旁，看着十七路进站出站，上客落客，由于每个人的服饰非白即黑，所以童年无忌的眼光便无聊地在各色人等的脸上晃来晃去。在下班高峰时，看着人们挤车，久而久之也看出点门道：要挤上车，人侧身对门可以方便切入，如果位置稍后，尽可能站在高个子前面，可以借势被裹挟着挤上车。有时候为了寻求一点刺激，就想弄点动静出来，看到车要进站了，就捡起地上的小石子扔到马路上，听到轮胎碾上石头发出“格嘣”的响声，就像放了一个小炮仗一样开心。那个时候能够寻开心的事不多。

车站过去就是会乐里总弄堂口了，而紧挨弄口有个小烟纸店，每天最早开门最晚打烊，店小，只有两开间门面，但牙刷牙膏香肥皂、草纸毛巾电灯泡等日常用品一应俱全，还有勇士牌、飞马牌、大前门、牡丹牌等香烟可以成包买，当然也有论支买的，生意做得很活，当然与此相配套的所谓自来火也是可以拆开销售的。

再旁边就是惠民药房，三开间门面，但大众化的药品却是备齐的。我小时候经常伤风感冒，家里老人有高血压、胃病等，所以记得常常在药房里买阿司匹林、鼻眼净、利血平、胃舒平等。小药房做的是小生意，但是尽心周到，晚上专门安排人值班，如果哪家晚上有急需，可以直接敲门买药。

紧邻药房是大西洋西菜社，“文革”时这店名不合时宜，崇洋还要“大”，用现在的话来说就是与时代有“违和感”，于是把店名“革”掉了，改为“清真饭店”。店里最有名的是涮羊肉，小时候听大人说，涮羊肉很贵也很鲜美，但我想不通，切得薄如纸

会乐里东一弄口，以前大西洋清真饭店的后门。当年此地却是宰杀活羊的地方。

片的羊肉怎么会有肉味呢？ 半生不熟的半透明的羊肉怎么会比红烧肉还好吃呢？ 下课回家路上，我和小伙伴们会在饭店外，隔着透明玻璃窗向里望，看砧板师傅用薄刀把冻成块的羊肉切出极薄极薄的如蝉翼般的羊肉片，欣赏刀功饱眼福，并想象羊肉在滚烫的水里涮过的味道。 再转个弯到云南路口，会乐里的东一支弄口。 饭店的后门就开在里面，有待宰的羊到了，饭店把支弄口的铁栏杆门关了，在弄口拦出一个临时羊棚，把活羊圈在里面，我常常看到屠夫穿着白大褂，用手抓着羊的两角，拖羊出栏宰杀，而羊则用纤细的羊足抵在地上作最后的无奈的挣扎。 羊是有灵性的，知其将死，其鸣也哀，凄切的叫声令人不忍，隔着铁栅栏能看到羊恐惧的眼神和眼眶里的泪水。

福州路过了云南路往东以前还有王宝和大酒店、青莲阁茶楼、陆稿荐肉庄、四马路菜场、浙江电影院等，都是和平民百姓生活息息相关的去处。“王宝和”以大闸蟹和黄酒称雄一方，它卖出的大闸蟹从来不屑于打阳澄湖的牌子，而是直呼为王宝和大闸蟹，虽然它自己不直接养蟹，顾客也不问从何处定购，只要是王宝和大闸蟹配上王宝和的黄酒及店家配制的蟹料，一经组合，就在消费者中有了号召力。

青莲阁茶楼历史悠久，是清末创办的老字号茶楼，据说“青莲”二字取自李白“青莲居士”之号。 茶楼有上下两层，楼下是游乐场，以杂耍、说唱、摊贩等招徕客人，楼上摆开红木八仙

福州路上的王宝和。只有王宝和的大闸蟹不用打阳澄湖的牌子，直呼为王宝和大闸蟹。

福州路浙江路路口。这里的全季酒店原来是赫赫有名的四马路菜场所在地。

桌，招待十六方。由于地处福州路繁华地带，当电影进入上海时，还曾作为固定的放映点，可谓红极一时。解放前那里鱼龙混杂，青红帮人物经常光顾此地，毒品等非法交易也经常在这里进行。解放后激浊扬清，保留了其提供茶饮小吃的功能，到 60 年代已逐渐转变为饭店。

陆稿荐肉庄是块金字招牌，源于苏州，起步于清朝康熙年间，由于诚信经营和乐善好施，在江南一带陆续开出分店，成为经营生熟猪肉的名店。

四马路菜场则是市中心最大的室内菜场之一，和虹口区的三角地菜场、卢湾区的八仙桥菜场等齐名。买小菜可是上海人每天的功课，菜场分早市和午市，当年的小菜场，不仅是拎小菜篮子买菜的地方，还是阿姨妈妈们聊家常的地方，从社会学的角度看还具有社交的功能。每天早上五点多，这个上下两层的菜场就人声鼎沸起来，各色蔬菜、肉类、水产品、豆制品、家禽、腌制品等悉数登场，应有尽有。那时候菜场里没有塑料袋那玩意儿，买菜的都拎着竹子编的菜篮子，十分环保。菜场是热闹的场所，以前形容某处过于吵闹就说“像小菜场一样”。菜场里的热闹是买菜人和卖菜人双方合奏的结果，买卖双方要讨价还价，要计较斤两，买卖蔬菜的要计较新鲜与否，买卖肉的要挑精拣肥，买卖海鲜河鲜的要讲究生猛活鲜，上海人讲究的就是不能“拉在篮里就是菜”。那时，为了方便双职工家庭，菜市场还有配料齐全的盆菜供应，买回家直接下锅烹饪即可，省却了拾掇、切配等前道工序，也在不经意间完成了净菜上市，现在推广开来岂不利于干湿垃圾分类管理。现在这个颇负盛名的室内菜市场已不复存在，原址已变身为大上海数以万计的餐饮店中的一家了。尽管如此，老菜场的"阴魂"是不会轻易退出历史舞台的，其强大的地理基因还在顽强地表现出来，眼看菜场已随餐饮去，但路边菜场复重来。我曾特意在福州路、浙江路寻访，看到原菜场的外面路边尽是卖蔬菜的小贩，吆喝声不绝于耳。

人说，一座城市最有温度的地方是菜市场，我想，一座城市最有地道风情的也是菜市场，我们离不开它。在四马路菜场的对面，浙江电影院如今依然健在。这个影院当时是闹市区票价最便宜的，因为影院里不是沙发椅子，而是连排的木头椅子，散场时，座板弹起来，会发出乒乒乓乓的响声。但学生们还是经常光顾这家便宜的影院，因为学生票有时只有一角，甚至有过八分一张的，我在这家影院里就看过《渡江侦察记》《地雷战》《羊城暗哨》《一江春水向东流》等黑白电影。

福州路现今虽然街区的尺幅依旧，但是我徜徉在路上，总有似是而非的感觉，不一样的不仅是店容店貌，还有从支马路上闲逛出来的人的作派，都与记忆中的影像有距离感。

有故事可说，有故人相伴的福州路令人神往！

上海的大小马路是令人怀念的，因为马路上有树荫掩映下的

近期重访福州路，看到一文具店门口挂出如此的推销广告。登大雅之堂的文具竟然被论斤出售，似乎有辱福州路文化街的斯文。

各式小店，店唯其小，所以才有特殊的个性表达，才使得枯燥的柏油马路显得有情调起来，才能引得众多男女出来闲逛，也正因了有闲逛的人群，使得这座城市有了生机和活力。可一想到现在的商业领域，电商大行其道，购买行为已经直截了当地简化为人和物的关系了，甚至于连一手交货一手交钱的人际交往都省略了，又难免有些失落，总觉得生活中忽然缺少了什么。人们似乎喜欢上了网上购物的便捷，这种便捷使“宅一族”们更“宅”了，如此发展下去，我们将失去在实体店里购买时与人交往、在讨价还价后得到内心满足的这份乐趣。电商一旦肆意发展会否压缩实体店的生存环境？从社会学角度看，商业的作用不只是买卖商品，商店、商场不仅是买卖场所，也是社交的场所，是城市的舞台和窗户，使我们芸芸众生在千人千面中得到人际交往的乐趣，让城市充满生机活力。

上海滩，马路、街坊何其多，这正是上海被年轻人称为“魔都”的魅力所在。马路不仅只是为交通而存在的，只有透出人文气息的马路、街坊才是令人回味的，只有说得出故事的才是让人魂萦梦绕的，也只有在其中生活过的人才会斤斤计较于它的些许变化，哪里变糟了，哪里变味了，哪里变得更可人了，或者哪里消失了……

第三章

摇啊摇，摇到外婆桥

有一首脍炙人口的歌唱道：摇啊摇，摇到外婆桥。我有时会突发奇想：为何不是摇到奶奶桥呢？为何多数人的童年总是和外婆连在一起呢？

至今我都不明白外公的称谓在我小时候怎么就呼唤成了“爹”。曾经问过长辈，都语焉不详，只有一说还过得去，就是我会开口说话叫外公时，第一声发出来就是“爹”，于是就一直延续叫下来了。

外公生得眉清目秀，且身材瘦削，精干健朗。一身衣服尽管破旧，但总是“山青水绿”，清癯的脸上很少看到愁容，总是笑容可掬，不管遇到什么难事，总是能做到以最好的姿态示人。

在退休前，他每天回家总是先到床前，用喜悦的眼光注视着已然卧床待眠的我的小脸，然后满足地走到桌旁，从包里拿出从食堂买回的还略带余温的面包、馒头，我能从空气中闻到香味，感受生活的美好。直到有一天，一行人敲锣打鼓把“光荣退休”的大红喜报贴到石库门两扇木制的黑漆大门上，我就看到外公每天在家里上下忙碌了。那时候，退休工人似乎比现在能享受更多的社会尊重，光荣退休的荣誉感连我等小孩子都能感受到。看到外公拿回家的“先进工作者”的证书，更觉得他是一个有社会地位的人。

我出生时，外公他已经五十多岁了，所以我心里外公最初的形象就是一个老人，当然他年轻过，不过他的年轻、他的青春勃发、闯荡上海滩的形象我只能在老上海的电影或电视剧里去描摹了。外公年轻时，只身从崇明岛到上海学生意。他大字不识几个，我曾看到过他描画自己的名字——当然对于人民币上的阿拉伯数字，任何人都不会陌生。外公不识字却丝毫不影响他在社会上打拼，不影响他在工作单位和里弄里的存在感，他常挂在嘴边教导我们的话是做人做事要根牢果实；为人不识字不要紧，不识人头苦头吃煞；做人要勤俭，要活泛；为人要讲信义，借人钱物要按时还清，只脱时辰不脱日脚等，这其实都是他一生的信条。

外公的“做人家”

外公的“做人家”在里弄里是出了名的。

他信奉财富是从牙缝里省出来的，解放初住进会乐里的客堂楼，就是他用打工攒下的五根金条顶下来的。脚迈进石库门建筑的黑漆大门就是天井和客堂，在七十二家房客同门进出的年代，这里就是邻里共享的空间。客堂东西两侧的房子就是东西厢房，客堂的后侧是灶披间，而客堂的楼上就是所谓的客堂楼了。外公平时生活中总是物尽其用，能省就省，真的是一分铜钿恨不得掰成两爿用。客堂楼的房型相当正气，房屋的楼层高爽，所以房里的屋顶下面相对应生出两个铁钩，阴雨天时就可以架起竹竿晾衣服。客堂楼朝向正南，天气晴好的时光，明媚的阳光可以曝晒到大床上，白天不用开灯可以省电，到了晚上夕阳落下时，外公才让一盏十五支光的电灯泡放出昏黄的亮光。后来随着我们视力的减退，灯泡换成二十五支光、四十支光的，电费当然也随之上升，每到付电费时外公总是念叨着心疼有加。

又如每天淘米烧饭，他必定要把淘米泔水留出来放在钵斗里备用，待到饭后洗刷锅碗瓢盆。在没有洗洁精之类玩意儿时，这米泔水就是去油污的环保物品。

在我的记忆里外公刷牙是不用牙膏的，当我们刷牙从牙粉升级到牙膏后，他仍然坚持用粗盐刷牙，说是更杀菌消毒。现在国人所用牙膏琳琅满目，从国内的用到国外的，而牙膏广告更是铺天盖地，刺激着人们消费的神经。我曾听牙医说过，所有的牙膏都是摩擦剂，效果大同小异。如此说来，我外公用盐摩擦牙床达到刷牙目的岂非是科学且经济的，而且，盐也确实有杀菌效果。

外公烧饭从来不用大米，只用洋籼米。大米是用来烧粥的，烧出来的粥黏稠。而吃剩的籼米饭可以烧成泡饭，水是水，饭是饭，柔水中有梗性的米粒，吃起来倒是蛮利爽的。

无论吃饭喝粥，外公的筷子伸到菜碗里的次数是最少的。粥刚盛到碗里，他叮嘱冷一点再吃，因为，“烫粥难为小菜”。半个咸蛋下饭，他可以吃两顿。我从小喜欢吃咸蛋，一看到青壳咸蛋，舌下就生出鲜味，蛋上开一小口，用筷子头一戳，红油从蛋黄里溢出，拌在粥里或泡饭里，就能吃出稀里哗啦的腔调来。外公明知道我好这一口，可是却悠悠地讲出一个励志故事，说的是宁波教书先生，和学生们课余时一起吃饭，学生看到先生天天拿着一个咸蛋用筷子掏着吃，觉得很眼馋，以为先生很阔绰，谁知道这咸蛋空有其壳，只是一个摆门面的道具，里面放的是盐，先生是每天用筷子蘸着盐花下饭。如此穷酸的场景，外公却说这就是先生的斯文和节俭，要我们尊崇这种美德。言下之意，半个咸蛋吃两顿已经蛮好了。

在节俭方面外公是知行合一的表率。大热天，隔夜饭馊了，外婆要倒掉，总要被他夺下来，放在自来水龙头上用水反复淘几遍，再上炉子烧开，但尽管洗过淘过，在烧开的水汽中还能闻到丝丝酸味。外公若无其事地盛到自己碗里，家人越不让他吃，他越吃得滋滋有声、津津有味，那个爽啊，吃大餐的也没有他这个气场。

我们小时候，油条是四分钱一根，值半两粮票。如果吃早饭，有根油条，掰成一小段一小段的，浸到酱油里，拌着吃粥，就是添了荤腥的美食了，但外公总领着我到云南路上一家“糟坊”里买三分或五分钱的酱菜萝卜头、豆腐乳。脚一踏进“糟坊”，就感觉到满空间飘逸着诱惑，那坛坛罐罐散发出的咸鲜气，令人即刻想到泡饭白粥，而外公从来就是以一块萝卜头或半块豆腐乳作为下饭小菜的。好不容易剥剥皮蛋过早饭，他把一只光皮蛋浸在酱油里，用筷子来回拨弄，好似在为皮蛋上色，又似在为皮蛋着味，我们的眼神随着皮蛋在酱油里滚来滚去，好一阵才见他用筷子夹开皮蛋，而此时粥都吃了一半了。

外公六十六岁那年，我妈按民俗为他买了两斤五花肉，切成六十六块小肉放在砂锅中煨，炖成浓油赤酱的红烧肉，特地关照此肉别人不能动一块，只能寿星一人享用。按照习俗这肉应该几天内吃完，但是外公足足吃了一个月，一只砂锅每天端进端出，吃一次热一次，后来肉都化成汤了，只能汤淘饭了。

外公的消费观是一钿不落虚空地，除了必须的生活用品之外，所有的钱在他的眼里都可以省下的。一分钱从老虎灶泡来的一铜吊开水，倒在面盆里洗脸，多倒一点他也心疼。20世纪五六十年代，废品回收站是国营的，凡是能变废为宝的日用废品都应收尽收。那时，物尽其用，使得垃圾减量化的工作确比现在做得好。我外公总不厌其烦地把吃剩用剩的东西收集起来，在这些废品宝贝中有可以入药的鸡内金、乌贼骨，有可以回收利用的肉骨头、牙膏皮、废旧的灯泡、日光灯管、碎玻璃、旧电线、废电池等等，这些东西送到小弄堂口隔壁的云南路上的回收站，称分量或论个卖钱。记得鸡毛可卖四分一斤，鸭毛可卖七分一斤，当然那时的四分可买一根油条，七分就是一副香喷喷的大饼油条了。现在这样的废品回收站已经看不到了，比前述的那些杂碎废品更高级的准废品，也已少有再回收利用的机会了。对比现在的未富先豪，前几年我去英国出差，听介绍说英国的老人看到有年轻人把旧皮鞋、旧皮带什么的扔到垃圾箱里，还会把它拣出来并告诉年轻人要利用好这些废品，传导节俭环保的理念，这不由使我感慨我们原本有的一些好传统灭失的可惜。

小时候，我跟着外公惟一能享受的福利就是寒暑假里，每天跟他到市工人文化宫一楼影剧场看电影。因为他退休后义务当电影放映厅的收票员，一部电影要放十几天，在文化生活匮乏的日子里，每天重复看一部电影也不厌倦。记得《孙悟空三打白骨精》《野火春风斗古城》《红日》等都看了十几遍。

等到电影散场，外公牵着我的手回家，路过西藏路福州路路口的丰实水果店总要进去兜一圈，一个个柜台专注地看过去，似在找什么商品，又似在比较价格，但没有一次掏钱买过什么。每天都要进店，看得我垂涎欲滴，有几次我以为他真要买了，结果还是没下手。今天不买，明天进店总会买了吧，但还是没有。日久天长，他不但把各类水果价格搞得一清二楚，而且和店里的营业员都混得烂熟。营业员们看到我外公进到店里，就不无戏谑地说"价格调查员来了！现在苹果生梨侪认得侬了，啥辰光可以拎只把回去啊？"于是店堂间里，店员和我外公都笑声一片，充满着快活的空气。这种状态用现在的话来说就是 window shopping。大凡人们逛商店一是为了购物，二是通过浏览商品增进对商品的理解和体验，这是满足自身对商品的软性需求，想来我外公早在那个年代就已不自觉地玩过这个了。这事让弄堂里的阿姨妈妈们知道后，每次看到外公牵着我的手走进石库门的天井里，总是当着我外公的面不无调侃地问我，"今天外公带了侬买啥个好东西吃啦？"彼时我感觉莫名的尴尬。反观外公，他却神态自若，甚至笑颜里还有几分得意，感觉自己抵御住了商品的诱惑，没让商家把口袋里的钱掏走。

外公为此还专门给我言之凿凿地讲了一个当时我半懂不懂的

梁生宝买稻种的故事。只记得其中核心内容就是一句话，梁生宝手捏着几个铜板去买稻种，盘桓多时就是不舍得买，手心里的铜板都让手汗弄湿了。外公总结说，“不要小看一分钱，一钿可以逼死英雄汉”。这样，他就给自己的看而不买作了注脚。

外公就是这样把本就不多的钱从牙缝里挤出来，攒起来，既把当下的生活摆平，又算计着把自己的身前身后事料理好。至今令我心颤难忘的是有一天，日渐衰老的他，拿着一把小钥匙，打开梳妆台的小抽屉，从小铁盒里拿出一沓钞票交给我说，这是他多年的积蓄，让我去置办他和我外婆的坟地。那时尽管坟地的价格没有如今那样疯涨，但也是一笔不菲的支出。等到坟地落成，我带他去看了，给他在坟地前留了影，他如释重负地笑了，从他的眼神里我感受到了他的欣慰。在他宽慰的笑容里，表达的是这辈子他没有给别人添什么麻烦，哪怕是自己的小辈，他把儿女养育成人了，有交代了，摆平了身前身后事，很自在很满足，他为自己骄傲。直到现在，每年清明，我到他墓地前祭奠，站在他的遗像前，总是满怀肃然的敬意。

外公的“根牢果实”

外公为人做事，讲究的是“根牢果实，敲钉转脚”。那时我虽然已进了小学读书，但听了根牢果实的话，却不知是哪四个字，这四个字从不识字的老人口中说出来，我是只解其意，不知其出处，只知道要“牢”要“实”就是了。不过我外公却不断在用自己的行为作为案例，作为活教材，向我诠释“根牢果实”的内涵。

石库门里七十二家房客，上海人“螺蛳壳里做道场”，居住条件简陋，但却可以把自家门里弄得简而不陋。外公是清洁卫生的楷模，他手上常年不离的就是抹布，整天东擦擦西擦擦，而手上的抹布又总是白白净净的，即使已经变成条缕状也不改白净的模样。他每天要提桶打水拖地板，其“根牢果实”，体现在从家里一直拖到家外的公共楼梯的每个台阶。每次把拖畚在铅桶里洗净，都要把水拧干，尽管水拧得越干，拖地越累，但是他绝不会拿着滴滴嗒嗒的拖畚拖地，因为上海人的言语里“嗒嗒滴”就是“勿清爽”，而外公拖地板的标准就是铅桶里汏拖畚的水不再混浊，用他的话说，就是要“拖到清水出”，大有一种拖不尽尘垢决不下战场的狠劲。看着污浊的地面，尤其是墨墨黑的公共楼梯，想到要“清水出”，我心里难免发寒。

外公年轻时艰苦创业，家里有套老红木家具是他的最爱。双开门的大衣橱正面有两扇大的立式镜子，橱顶雕花，下面是四只老虎脚。红木梳妆台近两公尺长，三面大镜子，四排大抽屉带两个放首饰的小抽斗。红木大床五尺宽，一只四方八仙台，四把高背红木靠椅，四个小方凳，还有一只床边箱都有精美的雕花。这些红木家具他每天要用干布擦得一尘不染，包括雕花的褶子里都不能有浮灰，直到光可鉴人，方才心满意足。

为了培养我们的劳动观念，外公给我布置了每天用干布擦拭家具这项功课。他还反复叮嘱：擦桌面一定要从四角四边开始然后往中间擦，擦红木家具不能偷懒，要用湿布擦。擦完后他来检查，实际上是复擦，一边擦一边指点着哪里没擦干净。他的标准就是暗处没浮灰，明处如镜子一样锃亮，照得出人影。

洗衣服，他的准则也是涂上肥皂，用板刷刷清后，反复过清水直到桶里的水不混。那时候用熨斗熨衣服属于隆重的行为，一般的衣物是不会熨烫的。外公洗完衣服后的习惯动作是把衣服绷直拉挺，衣服晾干后就有了几分熨烫后的效果。折叠衣服必一丝不苟，边是边，缝是缝，角是角，折好后用手反复压平，追求的也是熨烫后的效果。即使是一块手绢，在他手上折成长的，再折成方的，边角对齐，不差分毫。他一边做示范，一边重复着“根牢果实”的训条，以身作则，率先垂范，进行着朴素无华的案例教学。

外公为人处世总是中规中矩。他的出客衣服不多，我的印象中有一件香云纱衬衫，黑色的，神秘地放在已经有点翘裂的马口铁箱子里，一年也难得穿上一次。还有一顶灰色的罗宋帽，也是放在箱子里的时间多过戴在头顶上的时间。他平时穿着标配是，对襟葡萄八脚钮的青色布衣，下身配以大腰身大裤裆大裤管的布裤，一条布腰带将宽了近一倍的裤腰紧紧地勒在身腰上，脚上则是布鞋纱袜，给人精干利落之感。他穿上身的衣服总是干干净净的，身上的衣服即使洗得褪色了，也始终是“山青水绿”的原生态面貌。

外公的助人为乐

外公的性格里有逞强好胜的劲头，在平凡的生活中也常会冒出些见义勇为、乐于助人的小浪花来。要面子也表现在逞能上，邻居家如有什么力气活干不了的，他毫不犹豫会去帮忙，弄堂里遇见哪家妇孺到米店买米提到半途歇脚时，他就会去助力，五十斤，甚至近百斤大米扛上肩给人家送家里去，所以结下不少人缘，攒下不少好口碑。

在他七十多岁的时候，那年里弄里一段时间有贼偷，弄堂里轮值摇铃巡更的居委会干部害怕，我外公就陪着巡更。一天果然看到一形迹可疑之人，外公就毅然冲上去。不料小偷手上握着把水果刀，黑暗中划伤了外公的手，但外公全然不顾地扭住小偷将他送到了派出所。事后，他一不用红药水，二不用纱布包，而是先用水冲洗伤口，再拿点盐放在伤口上搽，这看着都让人疼的举动，他却若无其事，故作轻松态地表白："让它痛吧，它痛我不痛。"好像这伤口不在他身上一般，也许他是在给自己心理暗示，转移注意力。我知道从科学上而言，盐能消炎，但这种近乎自虐的做法，让少年时代的我不禁联想起红岩小说中烈士们坚贞不屈的形象。

外公对自己是苛刻节俭的，对他人却称得上乐善好施。那时家里缺钱时，也常会拿些好的衣料什么的，送到当铺里典当些钱救急，等到攒下点钱后再赎出来。一次我陪外公去广东路上一家当铺中赎典当物，沿途看到一老一小大冬天的在要饭，特别是那孩子面黄肌瘦的，一看就是病恹恹的，外公好生怜悯。他人已走过去了，又折回来，从上衣口袋里掏出五元钱送过去，让人给孩子买点热饭热汤。我知道，这五元钱是我将近半个月的生活费啊！尽管我心目中的外公是惜钱如命的，可是这次出手他没有半点犹豫。结果是典当物赎不成，只能空手回家了。

外公的精神生活

在单调重复的持家生活中，外公也有自己的精神文化生活。冬夜，晚上八时过后，全家都熄灯睡下了，他放在枕头边的一只红色塑料面的半导体收音机就响了，悠雅恬静的苏州评弹清晰地在屋内响起，《封神演义》《三国演义》等长篇评书一档一档，由说书先生用吴侬软语娓娓道来，给平淡的生活注入了些许闲适的情调和生活气息。我们陪着共享过的长篇评弹还有《钱笃招求雨》《庵堂认娘》《电闪雷鸣》等等，至今仍觉余音袅袅，不绝于耳。现在想来，他虽不识字，但他的历史知识、生活常识、为人处世的道理和方法及信手拈来的一些成语俚语有不少是在听书中获得的。例如，外公从来不许我们人前背后说人不是，看到有的人得意忘形狂妄自大，他就在家里跟我们说，不要看不惯哦，好花自谢，个人因果个人担。可见，不识字不等于没文化知识，文盲未必盲于道，不识字未必不识人头，相反，大字不识的人也可能熟谙人情世故，所谓“世事洞明皆学问，人情练达即文章”。

外公的另一社会信息来源是每周有一两个晚上的老友聚会“讲大道”“嘎三胡”，地点就是福州路西藏路口的原万寿山酒楼，后来的丁香饭店的大堂口。此处能遮风挡雨，隔着墙就是丁香饭店厨房间的大灶头，故墙壁有余温，一群年过六旬的老人在大冬天穿着棉袄，戴着毡帽，围合在一起闲聊胡侃，而眼望出去就是让人心旷神怡的人民广场和车水马龙的西藏中路。老友们天南地北，家长里短可以聊上两个小时。聊友是固定的，时间也是固定的，到了这个时辰，楼下就会有人招呼外公出去，此时我那中风在床、倍感寂寞的老外婆就会不满地嘟哝道："老油条"又来叫魂了。

生活中让外公精神轻松、怡然自得的时候，往往就是大年夜这天白天掸尘结束，年初一一天要吃的年糕、汤圆、蛋糕、熏鱼等点心菜肴全弄停当了，简单的年夜饭结束后，他拿上几件干净的外套内衣，带上我去混堂汏浴。地点就在离家不远的平望街上。此时的街上人车稀少，平望街的弹硌路在若明若暗的路灯下发着幽静的光亮。大年夜的浴室，浴客无几，大池里的水也比平日里清澈许多。外公来到大池边，用手掬起池里的热水拍打胸脯，适应水温后即全身泡入水里，微闭双眼，闭目养神，一副惬意的样子。泡毕起身，请浴室里的擦背师傅手掌上裹上大毛巾擦背，擦得老垢尽落，全身发红，血脉舒张。然后他用毛巾也帮我们擦洗，其力度犹如擦脱层皮一样，让我感到生疼。擦洗完毕，领着我躺到铺有大毛巾的木板椅子上，喝着浴室师傅送上的热水，在热气融融的大堂里休养生息。这样的惬意也只有一年一次。平日里我也跟他来洗澡，但浴室内往往人满为患，池子里像下饺子一样，进场后还找不到可以落脚宽衣的椅子。此时店堂师傅就巧妙地利用时间差，让我们先在已入池的浴客的椅子上宽衣，将我们的衣服套在一起用一根丫叉头，叉到离屋顶不远处的挂衣服的横杆上，再给一块牌子套在手腕上，等到洗净出来，往往前面的浴客已起身，正好让我们落椅稍息。也就是十分钟左右时间，师傅们就会殷勤地递上一条热毛巾，口中唱着“热毛巾擦起来噢”，听着很受用，但语句中的重点关键词是“起来噢”，这是催你动身了。大年夜顾客不多，浴室师傅们也不会催你起身，相反还会陪你闲聊。此中闲适一年到头也只一回，外公也常常为自己年前挑出除夕这个时辰错峰汏浴而自鸣得意。

外公的人生告别

外公七十岁左右时，出现胃部疼痛、便血，人日见消瘦，到仁济医院检查，透视后诊断为十二指肠球部溃疡。医生将诊断结果口述给他。不识字但能凭语音解其意的他自以为听懂了，逢人问病就说是十二指肠“全部”溃疡。我虽识得“球部”两字，但也不知“球部”为何处。后来病情加重了，黑便后又拉出了鲜红色的血，这时医院决定手术。住院手术需要一大笔钱，最后外婆提出救命第一，变卖红木家具，他眼看自己钟爱了一辈子的家什要易主，心如刀割。从不落泪的外公竟然老泪纵横，对他而言，既舍不得心爱之物易手，又深感变卖家什坍台，在他的理念中，攒钱添家什回家是本分，卖东西出去是败家，是家道中落的表现，何况变卖家具是因为他自己的病。但，的确是“一铀逼死英雄汉”，没钱就进不了医院病房，动不了手术。当寄卖公司的人上门看红木大橱和大靠背椅子时，我看到外公睡在床上背对着外头，无声地抽噎，这份伤感至今令我难以忘怀。而那时收家具的人出价之低，让我感到简直是落井下石，趁火打劫。我擦过千百遍的红木大橱只给了200元人民币，我从小爬上爬下的大靠背椅子每把只值5元钱。拿到这些钱，外公终于住进了仁济医院大开间高屋顶的德式大病房。手术下来确诊为结肠癌，作了切除，出院后又服了一年的群力草药店的抗癌方剂。经过调养，外公的体力逐渐恢复，又开始操持家务了。但毕竟是奔八十岁的人了，精力比过去差了不少。记得有天早晨，他对我们说昨天梦见亡故的兄弟了，他们说，你的任务还未完成，不能到阴间来，所以自己阳寿未尽。

又过了几年，外婆先他而去了。外婆离世后，家务少了，家里也冷清了，外公本可以享点清福了，但似乎他的精气神反而不如以前了。外婆在世时，老两口差不多天天口角，所谓大吵三六九，小吵天天有，在石库门邻居中也小有名气，但是他们却是少年夫妻老来伴的真心夫妻。我听到外公对外婆的称呼从“家主婆”一路上叫到“老太婆”，尽管到了老年，他们的交流方式主要是“拌嘴”，可是有了拌嘴就不寂寞。真如电视综艺节目“金星秀”中提到的一位哲人所言，真正的夫妻不是一辈了不吵架，而是不断吵架还能在一起生活一辈子。外婆属龙，外公属虎，邻居们戏称他们是“龙虎斗”。等到龙归西天，虎也没了斗志，备受寂寞之挫。邻居们时常劝他到女儿女婿家走走，住上几天，他就是不肯。在他的传统意识中，宁可死在儿子的灶披间，不能死在女儿的客堂上。他为自己的那份执拗和坚守感到自豪。

然而，外公真的老了，一向秉持“站如松，坐如钟，行如风”行为规范的外公连走路都感到气喘了，心肺功能老衰，生活都难以自理了。此时他竟然作出了让家人大感意外的决定，他要离开上海，到儿子所居住、工作的湖北去终老。尽管上海是他一辈子奋斗、生活的故土，有他全部的光荣与梦想，他还是毅然决然要走。

我未料到传统的世俗观念在这一辈人心中竟然有如此强大的力量，强大到能冲破一切情感的羁绊，乃至成为一种宗教般的信仰，成为人生最后的主宰。

那是一个中午时分，正午时的太阳却无力地悬挂在灰蒙蒙的天上。黄浦江上不时传来的汽笛呜咽声，将凄厉的气息满布在天空中。从小，十六铺码头给我的印象就是江上迷蒙的雾气，杂乱的声音，奔波的汗水，送亲的眼泪……这时的十六铺码头一如既往的人声嘈杂，只看到熙熙攘攘的人群肩扛手提，大包小包地走过吱吱呀呀、不堪重负的栈桥，推搡着，叫嚷着，争先恐后地钻进油漆斑驳的轮船里。

我站在江堤旁，远远地看着一辆三轮车将外公载到码头边，他艰难地跨下车，步履蹒跚的，走几步又停下来喘气。不得已，由我舅舅驮在背上，及至跟前，他看着我们只是长吁短叹，有千言万语都塞在喉咙里欲言又止，临上船时只是轻言一句“回去吧”，就把脸转向了江的方向，上了远去湖北黄石的轮船。汽笛一声肠已断，轮船开了，外公走了……

太阳不知什么时候躲到了厚厚的云层后面，天像一口倒扣的铁锅般悬在头顶上。望着远去的轮船，我想此时的外公心里也许是伤感和慰藉交杂，毕竟他这一辈子没出过远门，这次要去的又完全是一个陌生的地方，没有可以聊天的亲朋好友，上海话和湖北话又没法交流；毕竟这是要远离他一辈子劳作的故土，毕竟这次是舍弃了原有的一切和朝夕与共的小辈们，毕竟此去不知何时能回来，更可能的是他明知这是一张人生的单程票！

我忽然明白了，一生要强又好面子，总以最好的状态示人的外公，之所以毅然决然地远行，就是不愿意将风烛残年的弱态展现在老邻居老朋友面前。是啊，生命的结束何尝不是一场远行，人总要孤独地远行，既然如此，背井离乡又算什么？

也许，他内心的信仰给了他宽慰，他人生最后的尊严得到了满足，他践行了在儿子身边终老才有面子的世俗理念。

此时兀自伤感的倒是我们这些留下来的晚辈，冥冥之中我深知，我心中那生气勃勃的外公，他摇曳的生命之火将要熄灭了，此去无生还，此时便是永诀时，对老人的舐犊之恩无以回报，日后只有一处冰凉的墓碑可以聊寄情思，只能在破碎的回忆中聊以祭奠了……

活在当下的率性外婆

夫妻缘分由天定，个性差异互补搭配也是冥冥之中决定了的。如果说外公是内敛而又有远虑的话，我外婆则是性格外向，而且只顾眼前、不计长远的人。两者比较，外婆活得自在轻松，不在乎别人的评价，永远活在自己的世界里。

外婆虽然也是大字不识一个，和同侪闺蜜们交往却如鱼得水。由于年长几岁，她在姐妹道里被称为老大。我依稀记得里弄内她的交往圈中有被称为阿六头、阿七头的，也就意味着她那个社交群里有七个闺蜜。我只记得阿七头长得最漂亮，身着旗袍的婀娜身姿至今在我心里还留有一些模糊的影像。七姊妹中若有什么事拿不定主意，一般听她这个老大的，而我外婆的行事风格也是“一括两响”，说话嗓门大，敢说敢讲，有啥说啥，不瞒不园，她那个“群”里，如果谁家里有什么纠纷，她就出面调解，而且一般都有着落。

我从小由外婆带大，她觉得“外婆”之称见外，从我开口说话起，就让我称呼“亲婆”，而不是外婆或好婆之类。

她虽然是文盲，却毫不自卑，相反还有一点地域歧视：在她眼里南方人代表文明，北方人意味着粗鲁。她还心直口快，毫不掩饰自己内心所想。我父亲来自山东，虽是她女婿，可是她还免不了在我们孩子面前称呼他“山东侉子”，把她内心的优越感表达出来。

外婆人生中，“吃”是头等大事，她认为穿得好是给别人看的，吃在肚皮里才是自己的。这点就正好与外公全然不同，外公说她是“吃煞星下凡”。

和外公的一钿不落虚空地相反，她的大襟衣衫揿钮揿牢的口袋里，总有些许零用钱放着备用的。夏天乘凉到八点左右，她就从口袋里摸些分币出来，叫我拿个大号的搪瓷杯到和平商店去买八分一杯的“荷兰水”，就是酸梅汤。在她的认知里，所有的冷饮水都叫“荷兰水”，而且总不忘叮嘱一句“多加冰水噢”。为的是一份冷饮水匀给两个人喝。等到分享完冰凉酸甜的“荷兰水”，浑身滑爽了，就领着我们几个小的回客堂楼困觉了。此刻房间地板已经在下午用冷水拖过了，地板上铺着用温水擦过的席子。我们躺下后，她或坐或半躺，用那把已被我们兄弟俩的指甲划出一条条缝的大蒲扇为我们又赶蚊子又扇轻风，不久就送我们进入仲夏夜之梦。

冬天的晚上，一家五六口人挤在一个房间里，一张大床，一张小床，再加一个行军床，这时外婆就会从饼干听头里拿出各式饼干塞到我们手里，吃了后踏实睡觉。

小孩子的时间感和老年人有天壤之别，我们孩提时代总觉得时间过得慢，天天盼过年。终于挨到过年了，每家每户都要置办年货，可哪里都要排队。上海人的生活里少不了排队，也因此研究出了不少排队的规则。小孩子出力气的活干不了，排个队充个数正合适。但有时候同一时间内要排几个队，外婆就领着我们在队伍里摆个凳子甚至摆块砖头充人头。为了防止有人插队，外婆还和几个小姊妹一道，拿着粉笔头喊着大家帮帮忙，在每个人的袖管上编号，排队过程中有人走开方便，凭着编号回到队伍里大家可以认账。

有时候排队的队伍里没有主事者，难免会出现起哄插队的，这时候就开始拼力气、拼嗓门了。有一年，里委会按五人以上大户、五人以下小户发新年副食品券，可以买一斤花生，一斤红枣。等到开卖时，外婆就叫我到三元坊里丰实水果店的后门排队，丰实店在后门开个小窗应对外面拥挤的人流。无序的排队实际上就是挤成人肉堆往窗口方向挪动，大家挤着，抢着，到了窗口前，大家争先恐后伸长捏着钱和票证的手抢着往窗口里伸。小孩子个子小，钻在人堆里，人进我进，被人群裹挟着向前，不一会儿也被挤到了窗口前，等到花生红枣到手，再挤出人群，浑身上下衣服都汗湿了，但人却异常兴奋，好像刚刚参加完冬季运动会一样。

到了年关将近时，外婆领着我们掸尘后，手把手教我做蛋饺。拿着一个铁勺，放在炉子上加热后，用一小块猪肉膘涂几下勺底，看到油润后，舀一点打匀的鸡蛋，此时手拿铁勺转动，一张圆的蛋皮就附在铁勺上，再用筷子撮一小块肉糜在蛋皮上，用筷子轻轻掀起一侧的蛋皮将肉糜包起合起，边缘压实，一个蛋饺就做成了。这活计的关键是蛋皮不能破。用新鲜鸡蛋做原料，蛋皮的韧劲好，不易破。困难时期，菜场里新鲜鸡蛋紧缺，过年时也只能买到冰鸡蛋，这东西确切地说就是冷冻的蛋清蛋黄混合物，用它作蛋皮，操作的难度系数就大了。

外婆还教会了我磨水磨粉。将浸透水的糯米放在磨盘的洞里，紧跟着放点水，手转动磨盘，米浆水就流出来，流到能滤水的白米袋里，第二天等到水沥干，这水磨粉就能用了。要吃到细腻软糯的水磨粉，磨的时候不能图省事，每次往磨盘的洞里投放的米粒不能太多。我为了图快，趁外婆不注意，故意多投料，结果被外婆的余光看见，过来就给我头上一记轻轻的“毛栗子”。将猪油剥去薄薄的外衣后，放入白糖、黑芝麻酥，用手搭成“黑洋酥芯子”，水磨粉包上猪油黑洋酥，就是又糯又滑又甜又香的宁波水磨汤圆了。

还有做酒酿、切崇明糕等都是外婆的拿手好戏。到了年初一清晨，全家吃着自家制作的宁波小汤圆，边吃边还要指认哪个是自己做的，尤其是为了多吃一点馅，故意多放馅并在外形上做好“记认”，到打捞时按“记认”往自己碗里捞，从这里又多吃出一份占了便宜的得意来。 此时为了添兴致，外婆还会从草编的饭窠里拿出已发酵好、散发出酒酿芳香的钵斗，取小匙酒酿放入汤圆碗中，这样，二十几个汤圆下去即便未解馋尽兴，小肚子也已撑圆了。

初一按老法是不动扫帚不动菜刀的，所以没家务活，该是"吃货"的神仙日子。 外婆就带着我们从早上吃到晚上，中间还带我们到小弄堂口云南路上的小摊上买几把木制的大刀、长枪、面具等回家耍着玩。 邻居们常说，侬外公赚钱不舍得用，侬外婆带着你们帮他花，夫妻真是搭好的。

那年代，里弄食堂对附近的弄堂居民开放，居民可付些搭伙费买到饭菜票，食堂也成了外婆带我们改善伙食的地方。 在那些吃不饱的日子里，外婆总能在大衣襟袋袋里摸出几张皱巴巴的食堂饭票给我们兄弟俩，到食堂的售饭窗前踮起脚尖买两只淡馒头吃。 等到我上小学了，放学回家时正是午后三点左右，小弄堂口的大饼油条店里飘着葱花香和油腥气，外婆常常会从大襟兜里摸出七分钱，让我买上一个大饼包上一根油条吃，那种享受真是好过享用现在的奶油蛋糕、忌司面包。

有时候外婆让我带两根油条回家，将两根油条剪成一段一段放点酱油冲进开水，就成为晚餐带荤腥的一道菜了。 买油条就在东三弄出去的云南路上，汆油条的师傅守着大油锅，手拿大竹筷在滚烫的油锅里拨拉翻弄着油条，等到油条炸成金黄色时，师傅就把油条夹起到铁制的笼格里沥油，并不断叮嘱取油条的顾客，油沥沥干净、沥沥干净，因为沥下的油还要回锅用的。在缺少油水的日子里，买油条的就稀罕这身油，总迫不及待地拿起串油条的稻草签，串起就走。而小孩子去买油条，一路上就把油条底部的一段先咬掉了。那是油最丰富且香甜的一段，自然，这个顺带便的福利我也常常不舍得放弃的。

外婆常常说，园了铜钿不用做啥，有用就用，没用再说。“三年自然灾害”时，钱和粮票都紧张，外婆的嘴里念念有词的定量吃量，其实就是政府的宣传用语。里弄干部看到我家有老有小，就给我们补助粮票，但外婆缠着居委干部，不要补助却要借。当时我不理解这是为何，外婆说补助的量小不解决问题，借的数量大，她的直觉告诉她自然灾害总是要过去的，解决眼前困难最要紧，灾年欠，丰年还最划算。“借了东西一定要按时按量还清，只脱时辰，不脱日脚哦”，这是外公在作画外音补充，他可能认为外婆讲得不完整，不足以言传身教培养孩子。

那年头肚里没油水，好不容易买点猪肉，基本上挑肥肉买，回来后熬成猪油，买点青菜，做成咸酸饭，盛到饭碗里，用筷子撬一块猪油放在碗里一拌，香喷喷的鲜吱吱的，既美味又有营养。即使是白米饭，遇到没菜下饭的日子，拌点猪油在饭里，放点盐花作调料，一样吃得香气四溢。还有熬过猪油后的油渣，又香又脆，放在青菜汤里就是荤汤了。有一次，外婆把一碗油渣放在桌子上，我没挡住这黄灿灿的诱惑，出门一块，进门又是一块，来回拿着吃，吃得食滞，把胃吃伤了。外婆到中药店里买了“皮硝”，用白布包起来，捆扎在我的肚子上，一天后，皮硝连白布都湿掉了，肚子里的油渣积食也化掉了。自那次以后，我只要一看到油渣就反胃，真的是“杀了馋”，断了念想。于是，油渣和皮硝，这两个词在我心里就结对记下了。

外婆没有念过书，有关生活中的衣食住行、生老病死、人文情感的认知都是在口口相传中获得的，在耳闻目睹中记住的。读书人望文生义，未读过书认过字的，虽然也可以听声生义，但我觉得在记事记物上肯定要困难些的。如行军床，吴方言的发音大致上是 hang jun shang，识字的能通过此床的用途记住这种床的形态和名字，但不识字的只能通过形状再加上可折叠的特性来记住床名。我上学之前，看到家里的行军床，也跟着外婆叫 hang jun shang，但从来只记得发音而不知其意，当然也不会写，认为是上海民间的俚语和俗称。很久以后，回忆往事才突然顿悟这 hang jun shang 原来就是行军床，后来也称作帆布床。

福州路山东路是仁济医院所在地，以前那里也许有供奉黄大仙的道观，沿袭下来就成了地名。所以外婆去仁济医院看病，从来就是说成到黄大仙去。我小时候也是闻其音而不知其所以然，还以为黄大仙就是医院。上海延安路外滩有座天文台，虽然现已不复往昔的功能了，但那时却是既有功能作用又有地标作用的地方。有一次，外婆拉着我，迈开裹足的小脚，要赶到天文台送我妈下乡劳动，路边叫了辆三轮车，上车后外婆对蹬车师傅说到外滩天安门，弄得师傅丈二和尚摸不着头脑，天安门在北京，怎么搬到外滩了呢？再问，还是传不清，原来外婆不知道天文台这个地方，是临时听我妈讲的，听发音就与天安门串起来了。既然不是天安门，那可能是天阴门、天林门，好在我还知道延安路外滩，师傅就领悟到可能是天文台。从此我也记住了外滩有天文台，天文台下有轮渡站。

外婆虽然不识字，但天资聪颖，对语言文字有感悟力，她不识字但能悟通文字的结构。我读小学一年级开始写拼音字母 a、o、e、i、b、p、m、f……感到最难写好的是 a 的尾巴部分，不是把尾巴写长了就是没尾巴了，她就把着我的手写，然后再放开让我自己写，她在后面指挥，到了写 a 的尾巴部分，她就用湖州话叫唤“弯转弯转”，我弯得过头了她就用手打我头，几次下来我越写越不像样，她一生气不理我了。而她一走开，头上没了她巴掌的阴影，居然就把 a 的尾巴写顺了。以后随着遣词造句的学习，很快就到了写作文阶段了。刚开始时总觉得笔下枯涩，嘴咬着铅笔头冥思苦想也写不出几行字来，她就反复强调启发我“化开来，化开来”，语言朴实简单，但点拨十分到位，用书面语来说就是要演绎铺陈开来，会写作的人都是举一反三的高手，犹如书法之道讲究墨韵一样。

我外婆是浙江湖州人氏，湖州家乡每月总有书信来沪，鸿雁传书也就是互报平安，外婆就教我写平安家信。写信不是写作文，小学四年级的我不知如何下笔，于是外婆口述我记录。她每每开头都朗声说道，“来信非为别事”，每信结尾都是“见字如面”，使得我以为这就是书信的既定格式了。然后又教我如何开信封，第一行写“浙江吴兴西门外塘口罗斗村”，最后一行写完自家地址后一定让我写上一个“缄”字，我问她这字何意，她不回答，只说是格式，由此不识字的外婆成了我写家信的启蒙老师。

小学三年级学校布置写毛笔字，晚上十五支光的电灯泡下，从来没握过笔杆的外婆指导我写描红簿。当临帖时，写一横一竖她都有口令提醒，而且都点到要害，如一横时，我一横到底不懂收笔，外婆总是在我一笔到头时，她就发口令，“回收、回收、停。”当时我也不知就里，为何回一下笔，字就润实些了，后来知道这就是书法上说的回锋。如此想来，我毛笔字的家庭启蒙者还是不识字的外婆。至于她是怎么懂笔法的，我只能说是有天赋。

可想而知，在当时贫穷落后的社会底层，加上男权主义的傲慢、对女人的偏见，曾经埋没过多少才女。凭着外婆的天赋，如果她年轻时能上学，或像现在这样给她一个进老年大学的机会，她肯定会还你一份惊喜。

外婆在语言上尤其有天赋，善用形象的比喻来表达感受。

在家里，我外公对内对外把自己打造成严于家教的角色，而且有在左邻右舍众人面前要威风、声色俱厉教训孩子的喜好，而外婆的人设是护犊角色。当外公当众发威时，她就出来数落外公为“人来疯”，回家后还朗声说外公是“绝尾巴”，意即残忍无后，而爱面子的外公在外面发完飙回家后基本就没戏唱了。当看到有的小青年嘴上说得好，实际做不到时，她就讲人家是“宜兴夜壶独有一张嘴”。当看到里弄里有的妇女在外穿得光鲜，家里乱糟糟，就讲人家是屙缸翠鸟(她把鸟发音为雕)，我不知其意，她就解释道：农村里的屙缸边沿上停留的鸟往往是一身翠绿的羽毛，看上去漂亮但脚下很脏。看到有人满头浓密的头发且发际压得很低时，她就会在我耳边轻语道，此人不聪明的，我问其详，她就说“痴人顶重发”。当看到邻居隔壁差小孩做家务而小孩嚷着去茅厕时，她就笑着说“懒人屎尿多”。隔壁弄堂里的王阿婆常年瘫痪在床，儿女们一开始都好生照料着老母，几年下来不免多有懈怠，王阿婆饮食得不到正常保证了，她就叹息着说，长病床前无孝子，话里既有惋惜同情又饱含无奈。清晨石库门里家家起床后都忙着洗脸漱口梳头，外婆把一些过分装饰头脸而不及其余的做法称为“装饰了鹅头，蹩脱了鸭脚”，这种形象的语言颇具画面感，让人听了忍俊不禁。外婆把小便称为“解溲”，我小时候一直误以为是“解手”二字，现在很多文章里也是这么写的。其实不然，一次偶然的机会，我在舒婷写的一篇随笔中，看到“解溲”二字，顿悟到外婆当年用词的正确，再查字典，果然没错，“溲”字在汉语中特指“小便”。

外婆对自己能奉行人道主义态度，活在自己的世界里，不愿活在别人的眼光里。遇到有什么不舒心的事随时能发泄出来，在心里不落影，即事即了，从不纠结。如得不到旁人同情，她就自己同情自己，抚慰自己。心里不高兴了，她就自言自语：苦煞(发音都是第四声)。我曾听到她和我妈哭诉说：“我真是苦煞，夜里哄两个小人困觉，哄了这个那个吵，哄了那个这个吵。”我记得那时她只能躺着一只手拍着我，用那一只三寸金莲拍我弟弟，一直到我们入睡。我小时候睡觉，每每在她臂弯里容易睡着，于是她经常在我母亲那里哭诉道，“臂膊也被困折脱了”。苦煞，我也不知这句话是否为湖州方言，有时候“苦煞”两字一出口，她眼泪就溢出眼眶，令人动容，但一会儿就雨过天晴，不高兴的事在我外婆心里真如鸭子身上的水，一抖就没了。她有时莫名地眼皮跳，按老法的迷信讲法是不祥之兆，这时她就自言自语：“白天跳白跳，黑天跳瞎跳”，在心里就把它化解掉了。有一次我看到她眼皮上贴了张白的小纸片，问起缘故，她说眼皮乱跳，贴张白纸让其白跳。

即使是“文革”初期，红卫兵扫“四旧”乱抄家时，她也没有惶恐失措过。我隐约记得，“文革”初期，“扫四旧”风潮骤起，会乐里家家户户自觉“革命”，翻箱倒柜将一些貌似“四旧”的老古董处理掉，用当时的时髦话说，就是“捣个稀巴烂”。面临红卫兵可能上门抄家的局面时，一向爱惜财物的外公竟然眼也不眨地把自己收藏的一批古碗瓷器敲碎，一股脑儿扔垃圾洞里了。这种集体无意识之下，又有多少人能保持理智呢？但外婆却把她认为最重要的东西藏起来。有一天我照例拿着钢盅镬子到小房间的米缸里舀米，不料舀到一个口子扎紧的小布袋，沉甸甸的不知何物，我拿来交给外婆，她一把夺过来让我别响。那时我当然也不知这个其貌不扬的还显得脏兮兮的口袋里是什么玩意儿，现在想起来当然是“黄货”了。

外婆长年患高血压病，那时缺医少药，能服用利血平已经不错了，而且条件所限，服药也只能断断续续的。于是外婆自己在钵斗里养了一种称之为“海宝”的菌类植物，入口甜蜜蜜的，民间认为这能降压。由于血压控制得不好，那年冬天的一个夜里她突然从床上滚下来，当即口舌僵硬，急救到医院，被诊断为脑溢血，从此瘫痪在床，一病不起。外婆虽然手脚不便，生活不能自理，但食欲不减，精气仍足，声音依然洪亮，生活依然乐观。在那段日子里，她最大的痛苦就是寂寞。她曾经一手带大的孩子都踏上社会远走高飞了，平时连个说话的人也少见，更多的时候是拿着一个陈旧的半导体收音机解闷。有时候趁休息天，我去看她，想着就是陪她聊聊天，进门时就听到她一个人在喃喃自语，以至于我来了都没感觉到，想必这种自言自语已成为了她的习惯，此情此景让我感到一阵深深的歉疚和悲凉。我拿出了我刚出生的孩子的照片给她看，她马上一脸的喜悦，把照片拿在眼前翻来覆去地端详，护犊般的爱意洋溢在脸上的笑纹里。她要求把相片留下，我说这就是留给外婆的。这一刻我看出了她脸上的满足。

在我外公的悉心照顾下，外婆在那张寂寞的老红木大床上躺了七八年的光景，外公天天为她翻身、擦洗，她身上没有生过褥疮。到生命的灯油将要耗尽时，尽管外婆时常处于半清醒状态，外公还是耐心地一口口喂饭，外婆则半睁着眼机械地作吞咽动作，直到有一天，我外公喂饭到半途，发现外婆的嘴巴“停格”了，食物停留在口中却含而不咽，再唤时，已了无声息，外婆就这样悄然无声、无牵无挂地仙逝了。

一手把我带大的外婆悄无声息地走了。我整理着她一辈子睡过的、也是我睡过十八年的床铺，不尽往事和悲哀一起浮上心头。挪开枕头，忽然发现一张相片还静静地躺在那里，正是我带给她的那张，已经被揉得如棉花般柔软，影像不清了……

倏忽之间，外婆离世至今，已然三十多年过去了，然而她给我儿时的所有温暖至今令我难以忘怀，她的形象仍不时出现在我的梦中。我祈愿她老人家在天界一切安好，仍然是个敢爱敢恨、率性直爽的快活人。

第四章

天真烂漫出少年

人说，时至老年的记忆特点是当下发生的事常记不清，而年代久远的事却忘不了。兴许这是年纪往上走的人不自觉地在作自我心理补充。

从小毛头到上学堂

我自己的家庭背景具有双重性，父亲在人民银行工作，母亲是向明中学老师，应属于知识分子家庭，但我从小在外公外婆家长大，两个老人都是大字不识一个的文盲。我整个童年都生活在上海石库门文化环境中。

在外公外婆眼里，我小时候就较“独福”，有小伙伴一起玩固然很高兴，而没有伴的时间里，我也很耐得住独处。在石库门的客堂楼18平方米的住房里，小屁股坐在地板上，我会一边摆弄七色积木造房子，一边大声地自顾自唱着革命歌曲《社会主义好》——当然是口齿不清、五音不全，尤其是最后一句“掀起社会主义建设新高潮”中的“新高潮”，我的发音是“顶高潮、顶高潮”，为此直到长大后还被邻居拿来取笑。小时候我可能说话有些大舌头，每当吃饭时，外公外婆就会招呼我“汏手吃饭”，而我一边甩着洗过的手，一边念叨着“汏手测饭”，把“吃”字发音成“测”音，而且自以为音正，被纠正为上海话的“qi”音后，总想到油漆的漆，心想漆怎能下饭。至于我怎么会说成“测”饭的，肯定不是无缘无故自己发明的，现在推断起来，可能听到有人用普通话说“吃饭”，“吃”字到我嘴里演化成了“测”。

上海弄堂里长大的孩子，等到长到能开口说话时，都要面临一个“叫人”关，就是被家长带出石库门参加大弄堂里的社交，碰到陌生的长辈，家长总要催着自家孩子“叫人啊”。如果孩子伶牙俐齿地张家姆妈长，李家爷叔短地“叫人”，家长就觉得有面子，说明自家小人“出趟”，有出息，不惧生，家里有教养。但有的孩子天生害羞，不愿开口，我就属于此类。每当外公外婆带着我“叫人”，我就十分地不情愿，心想我又不认得侬，我为啥要叫侬，我又不想理睬侬，不情愿叫，还要叫，太虚伪，自己看不起自己，所以横竖不愿开口，即使被逼无奈叫出了口也像蚊子叫一样，常常弄得要面子的老人脸上挂不住。我年幼时瘦削多病，不仅长相属于敦厚的那种，而且内心也是守本分的“老实头”。外婆说我出生时耳朵是贴着脑门上的，后来是奶妈喂奶时用手一点一点捻开的。正是与生俱来的“俯首帖耳”。

我就读的小学在云南路上，故校名为上海云南中路小学，此前也曾是黄浦区第五中心小学。学校紧邻北海剧场和上海市工人文化宫，往东隔条马路就是大名鼎鼎的格致中学。上小学时，家里一时没有正规的书包，外公就让我拎着一个绿颜色的方布袋上学，这也是学生中唯一的另类。看着小朋友都是新书包斜挎肩头，而自己拎着绿色的布袋，不合群的配置让我浑身不自在。

下课时分，小伙伴们都出去活动了，我的小布袋不像书包那样结实，是敞开着口的，我怕不安全，就拎着小布袋到操场去，看看大家争先恐后在肋木上攀爬，上上下下，不亦乐乎，我却腾不出手，只能呆呆地旁观。

放寒假，向阳院小组学习，小朋友分组做回家作业，地点就在我家底层客堂里。说是小组学习，其实有一半时间在互相打闹。虽然那时的孩子没现在的那样见多识广、那么早熟，但小男生和小女生异性相吸，互相取笑闹着玩的兴致难免。有一个邻家女孩，长得乖巧玲珑，一副小家碧玉的模样，小组里调皮捣蛋的小男生总喜欢逗弄她，而每次都把她弄得哭一场。男生们还要起哄，再把她逗得笑出声来，一群小屁孩还要拍手顿足地念道："一歇哭一歇笑，两只眼睛开大炮。"这两句话倒是押韵的，朗朗上口，但不知如何解释。这种事儿反复发生，小男生们就将那些一碰就哭的女孩子称作"碰哭精"，谐音"蚌壳精"。可能是班主任老师看我敦厚，不会捣蛋的缘故吧，任命我当学习小组长，但是正应着"马善被人骑，人善被人欺"的老话，女生中也有调皮的，打闹之间，那些调皮的小女生看着我作壁上观的模样也来恶作剧，大冬天把冰冷的手冷不防地从衣领处插到我后背上，弄得我直打激灵，还引来小男生的哄笑。

做小学生开始，我读书写字就循规蹈矩，不敢偷懒，语文、算术等主要课程都在前几名。但那时女孩子的成绩普遍比男同

两图都取景于云南路汉口路路口，时间都为下午时分。前者为 90 年代熙熙攘攘的云南路，后者为如今秩序井然的云南路。

学优秀，当时班级里就有三位特别出色的堪称“学霸”的女同学。排名第一的是姓干的同学，该同学长得模样周正，从小受过形体训练，舞也跳得好，又是班长，俨然小女神一般，当然受到男同学的青睐。还有一位是姓周的同学，该同学淑雅聪慧，算术是她的长项。另一位是姓黄的同学，记忆中是一个胖嘟嘟的、长得一副诚恳忠厚模样的女孩。男同学们就把三人的姓连在一起，称之为“干周黄”，而我和一位李姓、一位陈姓的同学也是男同学中的佼佼者，男同学们把我们的姓也连在一起，有与女同学抗衡的意思，但是由于性别上没优势，所以在班级里的认可度不高，名气上比“干周黄”差得远了。

等到加入少先队年龄时，我们这批小伙伴开始了人生第一次的政治体验，我戴上了红领巾，并且成了中队长，分管组织工作。每天早晨出操升旗时，我总站在前排，也经常带着同学们唱少年先锋队队歌，朗诵“我爱我的红领巾，就像爱我的生命，它是红旗的一角，用烈士的鲜血染成”。声音虽然稚嫩，却不乏虔诚之心。

到了小学六年级，“文革”开始了，基本无书可读，而中学里也在“停课闹革命”，于是我们就有了史无前例后无来者的小学七年级。我在自己收集的人生格言中读到“劝君莫惜金缕衣，劝君惜取少年时”，感到不能虚度光阴。这一年我学会了骑自行车和游泳。那时的游泳票很便宜，八分钱游一小时，在人民公园游泳池，四川路上的浦江游泳池，上海跳水池，乃至需要摆渡过江的陆家嘴浦东游泳池都留下过我的身影。人民公园游泳池是露天的，地段好，游的人多，在那里我学会了蛙泳和跳水，刚开始是模仿着“插蜡烛”，就是从岸上直挺挺地将身子插进水池里，以熟悉水性、练就胆量。再后来学习跳水，初学时少不了“吃大板”，就是起跳入水没有角度，胸脯和水面直接亲密接触，这是名副其实的“胸闷”。浦江游泳池是室内的，但灯光昏暗，感觉上脏兮兮的，所以去的不多。浦东游泳池开阔明亮，是一个颇受大家欢迎的好去处，当然最高档的是跳水池，那里池宽水深，票子不容易买到，所以也无缘消受。一年很快过去了，自己既定的学习两项技能的目标实现了，小小的内心十分地满足，成年后才理解到这是因为人是有目标的动物。

在外公外婆身边生活，他们的理念中孩子要学会家务，所以外公以身作则地教我洗衣服，洗被单。大被单按洗衣桌大小折起来放在桌上，涂上肥皂用棕毛板刷一层层一遍遍地刷，当看到刷出的肥皂浆水变黑时说明洗涮起效了，然后再拎到自来水斗中漂洗，一定要漂到水清才行。外婆教我如何在小长桌上缝订大被子，教我将棉花毯放在被夹里和被面子之间，就着桌子的大小，半边半边地翻订。小手戴上顶针箍，将最大号的针穿上粗的白线，以一寸见长为单位用行线将被面子和被夹里缝合起来。还有为破衣服打补丁，用平针还是复针来订也是有讲究的，尽管我订的针脚不齐，但订牢是没问题的。在诸多家务活中最有趣的是生煤球炉子，最无趣的则是倒马桶。因为刷洗马桶一般由女孩子担当，男孩子干了女孩儿的事会给人笑话。所以每次轮到我干这活时，总是想着避人耳目，拿着马桶豁筅，在马桶里放点蛤蜊壳，草草划几下了事，外公外婆看到我们刷不干净，以后就免了我们这份我们自感丢人现眼的差事。生煤球炉之所以有趣，盖因可以玩火。用最少的纸和木柴把黑不溜秋的煤球点燃也是个技术活。刚开始我是用火柴点燃废纸塞进炉中，紧接着放入劈成小块的柴爿，等到柴爿燃着后，即放入煤球，然后用一把破蒲扇对着底下的炉洞不停地扇风助火，但是常常因为纸少了，或柴爿太大了，或柴爿放得稍晚了而没把柴爿引燃，以至于煤球烧不起来，生火失败。后来我采用“逆作法”，将纸和柴爿、煤球一起先放入炉膛，然后用一张点燃的纸，塞入底下的炉洞，让火从下往上走，这样保证了引燃的纸能够在第一时间就和柴爿无缝衔接，柴爿的热量同时传递到煤球，既可以不浪费一点热能，又可以视烟气大小掌握扇火的力度，遇到自然风合适时甚至可以不用人力扇火，只要看到炉膛冒烟了就行，十五分钟左右，煤球燃着了，烟气散尽了，煤球炉就生着了。这活儿干多了，食指中指和大拇指都被烟火熏染泛黄了，这黄色的烟火气常被人误解为小孩子偷着抽烟了。

童年里的“叽叽复叽叽”

让我记忆最深刻的是我养过的六只鸡。那一年我和外婆到新城隍庙(即连云路)上买小鸡，看到一只只黄色的毛茸茸的小鸡煞是可爱，外婆就为我买了六只小鸡仔，装在纸盒里拿回家。原本是让我玩玩的，也不知是否养得活。回家后我正儿八经独自操持起鸡仔的饮食起居，水果店装水果的大箩筐倒扣下来就是鸡笼子了，早上放鸡出笼，晚上赶鸡入笼，将菜皮剁碎和着剩饭和米糠作为鸡食，忙得煞有介事。

小鸡买回来时候不知是雄是雌，外婆对我进行科普说，看鸡屁股圆些的是母鸡，稍尖的是公的，而我看过去的小鸡屁股好像都是又圆又尖，很难辨别性别，心里盼望倒是雌雄搭配最好，雄鸡漂亮英武，可以和邻里玩斗鸡；雌鸡可以生蛋，每天就有水潽蛋补营养了。小鸡日长夜大，有的长出黄褐色的羽毛，有的长出黑毛，就是不见有长出金黄或红色羽毛的，也不见鸡头上长出鸡冠来，六只小鸡清一色地长成了母鸡的模样。虽然母鸡能生蛋，但是如果没有公鸡，阴盛阳衰的鸡一家容易被邻里家的鸡欺侮，这是我私下担心的。

但是这六只鸡从小青梅竹马一齐长大，两小无猜从不争斗，而且具有强烈的团队意识，放出鸡笼从不走散，进出同行，互相照应。同为母鸡，面孔长相差不离，为了容易辨认，我就根据鸡毛的不同颜色为它们都起了名字，有的叫小黑，有的叫阿黄，有的叫夹花等。喂食时，我注意适量控制，并且荤素搭配，每天主食以菜叶梗为主，适量喂些米饭，稻米虽然对它们的胃口，但稻米精贵，而且喂多了容易长膘影响生蛋。隔三岔五，我到连云路花鸟市场上买些皮虫回来，给小鸡们开荤，也是它们最爱吃的。控制食量的标准就是摸鸡脖子以下鸡胸以上的鸡肫部位，让母鸡们吃到七分饱最好。

夏天里，太阳已经下山了，暮霭未散，微风徐来，我就拿个小凳子坐下，叉开两腿，吹起一根小竹笛，那六只鸡就会自动地进到我双腿围定的区域，或坐或站，或跳到我小腿上栖息。它们不叫不闹乖得很，就如我的宠物一般。只见它们晃着小脑袋专注地听我的笛声，这情景着实让我既好奇，又满足，甚至让我心生感动。

面对这良辰美景，弄堂里有邻里人家心生嫉妒，想着搅局，竟然拿来一只大公鸡放到我那六只母鸡群里，想占它们的便宜。那大公鸡体格壮硕，面如重枣，鸡冠如火，斜拖在地的那片翅膀犹如关公的青龙偃月刀。它咯咯地叫着示威，寻找可以骑上去凌辱的母鸡。那架势分明是在宣示，谁若不从就要挨啄。我正担心体形不及大公鸡一半的那些小母鸡要吃亏，一旦被骑上去了岂不要被压垮。但意想不到且大快人心的事发生了，我一手豢养的六只小母鸡竟然不畏强暴，没有一只退缩出逃，居然个个颈毛竖起，集体发威，将大公鸡团团围住，齐齐地举起它们的尖喙，向公鸡发起攻击，你一口我一口地把大公鸡啄蒙了。待它回过神来只有夺路而逃，而小母鸡们还不依不饶地追出山门之外。那阵势让大公鸡的主人也啧啧称奇，直呼看不懂。从此再也没有哪家的公鸡敢惹我这一门“妇道人家”了。

六只小母鸡一起长大，下蛋也在同一时候，特别是头生蛋上还带着血。每逢此时，我都要怜香惜玉般地把生头生蛋的鸡抱在怀里爱抚有加，这时候小母鸡就会微闭双眼，一副很享受的表情。少顷，再把它放在地上，赏它一把纯米粒，看着它啄吃干净。六只小母鸡就这样轮流下着蛋，家里要吃新鲜鸡蛋，就问我哪只鸡今天下蛋，我就会用手去探摸，然后等着下蛋。

鸡在酝酿下蛋的时候是趴着的，等到要正式产蛋时，你赶它，它都不动，产蛋那一刻，趴着的鸡会站起来，屏气凝神，慢慢地将蛋挤出屁股，让蛋掉在稻草上。刚生出的蛋还有点软且温热的，半分钟不到蛋壳就变硬了。鸡在下蛋时尤其是出蛋瞬间不能受干扰，如发现有人在旁边“接生”，蛋就生不出来了，有时候恰好半个蛋已经出来了，一发现有人走近，鸡受惊后屁股一紧，尚软壳的蛋就会被挤出一圈凹痕。曾听到有一位书画家说起艺术家创作时要旁若无人，就如鸡生蛋一样，有人站在旁边就出不了作品了。想来这位方家兴许是养过鸡的。

我陶然于养鸡快乐的好时光。一年春节，外婆老家湖州亲戚到上海探亲带来一只大母鸡，既然是同类，当然就同居在一个笼舍里，可意想不到的伤心事发生了。才两三天，那只到城里做客的鸡就显出了瘟鸡相，整天打瞌睡，不吃食，且拉白色的屎，按现在的科学诊断，当是患上了禽流感。我马上给喂一种粉剂的鸡药，我养的鸡以前有些似瘟未瘟时，都是灌这种药灌好的，但这次却不管用了。只能把它宰杀了，以保我的母鸡家族无虞就好。不料我那六只心爱的小母鸡也相继病倒了，眼看着小黑不行了，阿黄不行了，夹花也不行了，直到最后一只也倒下了，一时哀鸿遍野。我那六只精心喂养的、亲如姐妹般相依为命，每天为我家奉献鲜蛋，又给我带来快乐和温情的小母鸡被无奈宰杀，褪毛后成了六只光鸡整整齐齐挂在了竹竿上，看得我伤心落泪，殟塞郁闷的情绪持续了很久。为了安慰我，外婆又帮我买了几只鸡仔，但我再也找不回当时的感觉，有一搭没一搭地，有心无意地饲养着。可能察觉到我的爱心不够，家里养的那只猫不知怎地对小鸡仔来了兴趣，在月黑风高之时咬死了几只鸡仔，我是在看到它嘴上有带血的鸡毛才怀疑到是喵星人作的案。于是干脆“断舍离”，彻底断绝了养鸡的念头。人之初，性本善，小时候养那六只小母鸡的童趣启迪着童真爱心，养这些小动物过程中的欢乐和它们的团队精神也深刻地留存在我的记忆里。

经“文革”洗礼的少年时代

1966年初夏，“文革”开始了，我刚好进入小学五年级。小尺度、多通道的弄堂在“狠斗封资修”的浪潮中，同频共振的效应非常明显，那时每幢石库门的两边石砌门柱上都是白底红漆写的“革命”对联，红卫兵“扫四旧”，抄家斗“五类分子”，斗“封资修残渣余孽”的狂飙突起，其震慑力遍及每个角落，直至每个人的心底。那年头，谁家穿了包屁股裤子被打了，谁家的尖头皮鞋被轧了，谁家的小脚裤子被剪了，哪家被查抄了，成了每天会乐里的新闻口播头条。过去在会乐里有过妓女经历的都成了批斗对象，由此我们这些小孩才听说了后弄堂的那个阿姨过去叫“白玉霜”，前弄堂的大妈过去叫“金囡”什么的。

我家楼下有一户人家的老者过去是以算命相面为生的，老人瘦瘦的，满头白发，在上海多年了，还是一口安徽乡音。我和他老小两个很投缘，他夸我聪明，在石库门的客堂里教会了我下象棋，为的是闲来可以和我对弈，我们一老一少年龄相差四十多岁，一方老谋深算，一方乳臭未干，只要得闲，每天必要杀上几盘。弄堂里下棋娱乐也是有规矩的，简而言之就是三句话，一为

“摸子动子”，意为不能悔棋。二为“棋子木头做，输了再来过”，意为不能斗气。三是观棋不语真君子，意为旁观者不能当参谋和评论员。前者是要求弈者气定神闲，成竹在胸，谋定而动，手不能在棋盘上乱比画，以保持盘面的宁静，有利双方的凝神运筹。后者是宽慰败方不必纠结于既定的败局，更不能恼羞成怒，反目相向，输棋又输风度。再者是对观棋人有个约束，保持两人对弈的公正，维持棋场的秩序。和老者对弈，起初我输多赢少，一年以后形势倒转，我就逐渐赢多输少了。老的输给了小学未毕业的孩子，难免有时脸上挂不住，特别是有邻家旁观时。所以一旦落子出错，就忙不迭地悔棋。虽然旁观者出声落子无悔，但不管用，该到悔时老人还是像小孩一样伸手悔棋，那个较真的劲头煞是可爱。

“文革”伊始，他家首先被抄，不知道哪路杀来的红卫兵小将，把他家的底楼前厢房抄得底朝天，地板也给撬起来，墙壁凿开，连草编的“饭窠”也被拆开，据说是查抄黄金。红卫兵习惯地解下腰间的武装带，拿在手上在空中挥舞着威胁老人，让老人跪在窄窄的长凳子上，一跪就是三四个小时，但老人很倔强，对无中生有的指责一概不认。尔后还要戴着纸做的高帽子，口中喊着“我是算命相面的大骗子”，被小将们牵着在弄堂里游街示众，从早上折腾到入夜才罢休。我看在眼里，对老人受的折磨又惊又疼，开始隐隐约约地体会到了人性的另一张面孔。

也就是在那些日子里，我知道了我父亲在1958年就成了“右派分子”，行政级别从十七级降到二十几级，工资也从九十多元“革”下来，到六十元。尽管后来不少错划为右派的人都摘掉了帽子，但是我父亲是一个耿直、认死理的人，凡是他认为对的事，旁人阻挡也没用，就如他在得到“右派”平反后，所做的第一件事就是为自己办了遗体捐献手续。而凡是他认为自己没错的事，就不会违心认错，以至于变成了不愿悔改的老“右派”，“右派”帽子竟然戴了二十年，政治上、经济上，肉体和精神上的损失也就持续了二十年，直到在最后一批名单中得到平反。

就因为此，那时候，但凡只要听到敲锣打鼓的进了弄堂，我们都全体立正。不仅是我们，全弄堂里的所谓“地、富、反、坏、右、资”家庭都不寒而栗。我居住的外公外婆家，两老人都是大字不识一个的文盲，按当时的政治标准是劳动人民家庭，外公外婆为了宽慰我，只告诉我“侬爸爸是下放干部，侬娘是人民教师”。

我母亲早就是向明中学的高级语文教师，工作上兢兢业业以尽为师的本分。她讲课力求完美，教过的学生都说陈先生讲课思路清楚，条理清晰，解说明了。为了做到这一点，我常常看到她秉烛夜书，备课到深夜。但“文革”开始后，我母亲在学校里被所谓的“革命小将”反复批斗，批斗后还要戴着高帽子游街到家里，有一次他们竟然将废纸篓作高帽子扣在我母亲的头上，在精神上蹂躏她。学校里的“造反派”抄了我母亲家，还将白纸黑字的标语贴满所有的窗户，上面书写着打倒批臭之类侮辱人格的话语，把母亲禁闭在屋里，不但身体接触不到阳光，精神上也感到暗无天日。随着父亲的落难，家里的经济状况也随之一落千丈，我母亲的工资要养育我们几个孩子，还要贴补老父母，承受着经济压力的母亲在炎炎夏日连蚊帐和枕席都买不起。在最困难的日子里，在打倒批臭的喧嚣声中，我母亲所在的学校里有同事挺不住了，大白天里就有人从校内的楼上跳下来，发出的惊天动地的响声刺激着人的神经。我母亲只能在心里默念：要挺过去，自己上有老下有小，一定要坚强地活着。母亲在那些日子里，白天不安宁，晚上也不安生，由于窗户上贴着标语，引来了社会上的“造反派”半夜里来敲门。家里是待不住了，无奈之下只能逃到我外公外婆家避难，寻找精神上的庇护。多少次我在半睡半醒中听到母亲对外婆哭诉被欺凌的痛苦，由此我更加感受到了家庭成分这口黑锅的沉重。

在一片喧嚣的红色声浪中，有一副对联曾经独步一时，上联是“老子英雄儿好汉”，下联为“老子反动儿混蛋”，要命的是还有一个横批：“基本如此”。在血统论甚嚣尘上的日子里，“造反派”互不买账，上台辩论时先要通报家庭出身，犹如冷兵器时代两将相遇，交战前先要通报“来将何人”一样，又如土匪见面先要黑话接头一般。自报出身贫农的，台下一片掌声，自报出身贫民的台下掌声一片，如自报中农的，台下要问上中农还是下中农，如是上中农，就会被嘘下台。少年时代的我开始感知什么叫出身的原罪，感到生活在“黑五类”家庭的阴影里。

由于所谓的家庭成分不好，作为劳动人民的外公外婆也不淡定了，每当锣鼓声进弄堂，外公外婆就叫我们躲到一边去。可能还是多亏两位老人是文盲一双，白丁两枚，有着平民百姓的光环庇护，抄家者虽然抄了我父母家，但还是高抬贵手，没有殃及无辜、进入我外公外婆的居所。然而，在出身论的影响下，老子英雄儿好汉，老子反动儿混蛋的谬论甚嚣尘上，我们这些“黑五类”后来又得到了一个聊以自慰又自取其辱的封号，叫做“可以教育好的子女”，简称“可教子女”。年幼无知的我，怎么都弄不明白的是一直是好学生的自己，何以就一夜之间成了可教子女。上帝为你关上了一扇门，总会为你打开一扇窗。“一个人出生在什么家庭无法选择，但走什么道路有自己选择”，这句话就是那个年代我们可教子女的护身符，也是所谓家庭成分好的“红五类”家庭出来的班干部对我们的最具人文关怀的体己话。虽然它给人有那么点居高临下的恩赐感，但这的确让人感到了给出路的感召力。尽管如此，那与生俱来的“原罪”是难以在心中隐去的，那时尤其厌烦的就是填各种表格简历，升入中学要填，加入红卫兵要填，入团也要填。“文革”初期填表的事特多，一填到家庭成分、政治面貌，我心里就反感，又不得不填上“黑五类”

的类别。就这样，戴着可教子女的“封号”，我洁身自好，努力成为可教子女的先进。

那年冬天放寒假，我随母亲到崇明百万沙农场(“文革”时改为东方红农场，现在为长江农场)去看望被监督劳动改造的父亲。那时的崇明岛还很荒凉，冬天北风呼啸，我父亲就住在农田里一间孤零零的茅草屋中。我们的到来让父亲很高兴，他到镇上买来崇明老白酒，这酒甜丝丝的，喝起来就像酒酿汤一样。看我喝得起劲，他就叮嘱我少喝，称这酒后劲大，一旦喝醉不易醒，这是我第一次领略老白酒，第一次知道酒有后劲大这一说。吃饭时父亲有意无意地说着自己年少得志的光荣历史，无非是很早就做了团支部书记、宣传部长什么的。让我感觉到父亲早就是革命队伍中的一员，不是什么“黑五类”。

天黑了，除了远远可望见的农场团部的星星之火外，周围漆黑一片。除了偶尔传来几声狗吠声外，可谓万籁俱寂。父亲捧着一大堆稻草为我把床垫得厚实些，就吹灭烛光让我睡觉了。晚上呼啸的寒风从门缝里、窗户缝里吹进来，奇冷无比，我蜷缩着身子在隔壁房间父母的窃窃私语里迷迷糊糊地睡着了。一觉醒来，茅草屋外的泥地上满是冰霜。听说农场团部有乒乓活动室，我就一路寻去，果然看到那里有人在来回厮杀，正看得起劲，父亲寻找过来了，一边客气地向周围的人打着招呼，一边嗔怒地将我领出去直接带回了茅草屋，也就是从这场景中让我再一次明白了自己的可教子女的身份。

当时广场政治的中心是人民广场，所以与人民广场咫尺之遥的会乐里经常弄口戒严。 凡是人民广场有政治集会，无论是上海柴油机厂、江南造船厂“工人造反队”誓师，还是“复旦孙悟空”“交大反到底”“同济东方红”的“大学生造反队”集会，弄堂口都会被挤得水泄不通，口号声、派别之间的互斗吵闹声声声入耳。 当时红卫兵第三司令部被简称为“红三司”，他们经常占据有利地形，在广场里或者西藏路福州路口席地而坐，中午就啃面包吃，当他们和“造反队”互不买账时，就被“造反队”讥讽为“面包三司臭三司”。 当年人民广场上最雄壮的集会是“上海人民公社”成立，这是“造反派”推翻市政府以后成立的新的政权组织。“文革”初期最热火的就是“夺权”：“造反派”夺行政组织的权，“造反派”互相夺权。

公章是权力的象征，为了保证夺得的权不被夺走，有的“造反队长”就把公章挂在裤腰带上，使用起来方便，又不会被偷掉。 风暴眼中的会乐里可谓是近水楼台先得月，春江水暖鸭先知，会乐里的年轻人得风气之先，革命小将层出不穷，且和周围的三元坊等里弄争斗高下，凡是出了个武斗名人，必然要在各里弄间串访以期得到公认的名望。

“文革”的浪潮席卷而来，一时间真有放不下一张平静的书桌之感，包括小学生的书桌。

“全国大串联”开始了，红卫兵凭着红卫兵证免费坐火车啃面包走南闯北去了，小学里的所谓红小兵走不出去，则罢课就地闹革命。我们这些不谙世事的孩子不懂真善美，也未知假恶丑，工宣队进驻学校夺了校长、教务处的权，让我们回家问家长旧社会受过什么苦，然后到学校里“倒苦水”。一个同学在班里说他妈妈是童养媳，整天吃不饱，有一天实在饿得不行，跑到厨房里喝下了一瓶酱油，说完就一把眼泪一把鼻涕地哭将起来，弄得一个班的小朋友都神色黯然，这个同学当即受到工宣队员的表扬。我想，外公外婆平时没跟我说过旧社会的苦，讲得最多的就是不管什么社会只要人勤奋就有活头，外公他一个人就养活了一家四口人，而这些恰恰是不能在学校里作为忆苦思甜材料的。工宣队还帮助我们找“阶级敌人”、发现“阶级敌人”的阴谋，启发我们在课本里找“毒草”。于是，课本里画的老农民坐在老树根上，就被牵强附会引申为阶级敌人让贫下中农坐在老虎爪子上。工宣队员还启发我们脱下脚上凉鞋，看鞋底上花纹的一横一竖再一横下面还有一个“人”字，这就是隐藏在设计鞋子队伍中的阶级敌人把工人二字踩在脚下。这些义愤填膺的说词促使我们萌发“阶级觉悟和朴素的无产阶级感情”，教我们语文的老师被批斗了，教画画的老师据说是地主婆出身，长时间被罚跪在地上谢罪。

学校还组织语文较好的学生写“革命诗歌”，记得当时给我们作为范文的有一首诗是这样的，“邓拓、吴晗、廖沫沙，三个都是大坏蛋，一心想把太阳遮，小小乌云别梦想”。然后让我们依样画葫芦学着写诗。当时红小兵们羡慕红卫兵能够参加“革命大串联”，晚上在弄堂里乘凉时听串联回来的人神吹旅途见闻，也算过了瘾。其中有一个大学一年级的学生从杭州串联回来，这孩子之前连上海郊区都没去过，一下子去了杭州，兴奋之余赋诗一首，诗曰：“列车飞鸣驰钱塘，林隐西湖富春江。诸般此类皆下品，唯有杭州阳春香。不要粮票一毛钱，加油加醋添鲜酱。如今远离杭州城，美味阳春有余香。”五十年前的这首打油诗，现在忆及仍然让人忍俊不禁。

小学五年级后的两年，一晃过去了。这时候开始进入了“复课闹革命”的新阶段。老师被打倒了，工宣队就组织高年级学生中的成绩较优者做小老师给低年级学生上课，兴许是仿照人民解放军里“官教兵，兵教官，兵教兵”的意思。我被选中了。教材拿到手，里面基本上是报纸摘下来的新闻报道类文章或评论类文章。记得有一篇叫做“乡村里的高音喇叭”。我这个小老师所谓的上课就是把一篇课文字正腔圆地读一遍，然后说一下课文分成几个段落，段落大意是什么，文章中心思想是什么就完事了。我讲得不成体统，听讲的也稀里糊涂。下课了，班里的学生中有不买我这个小老师的账，在自尊心和强出头的心理支撑下，六七个小男孩突然围上来想把我打趴下。这时候在弄堂里的尚武文化中野蛮生长起来的经历帮助了我，在打斗游戏中练过一些小拳脚派上了用场，而且毕竟他们小几岁，力气不行，三下两下，再加一个扫堂腿，他们都趴下了，而我跳出圈子走人了。从此班里的孩子们老实了，但小老师上课坚持了没几个星期也收场了。

夺了权的工宣队组织小学高年级学生到农村体验生活，带我们下乡的工宣队长来自上海彭浦机器厂，所以他带我们去了他熟悉的彭浦。当时的彭浦全是农田农舍，晚上住在农民家中。冬天的夜晚寒风瑟瑟，月朗星稀，晚饭后，几个女孩子出去闲逛。为了锻炼大无畏的革命精神，女孩子们手拉手，顶着寒风齐步走，走向黑灯瞎火的田野。想不到的是农村野地里有粪坑，大粪积满时，大粪和黄土地一色，地面和粪坑齐平，结果手挽手向前进的女孩子都跌进了齐胸深的粪坑里，好在坑还不深，救得及时人无大碍，但浑身上下沾满粪便，女孩子又惊又怕又羞。第二天此事即传遍全班，工宣队怕再出事就匆匆收军，带着大家打道回府了。

小学时的学工劳动

浦东民生路老码头的圆筒粮仓，华丽转身为现代感的东方百老汇了。这座清代光绪年间建造的八万吨粮仓，甫一诞生就以它的体量规模惊骇世人，如今又将以别样的姿态再现辉煌。看到这条新闻，我的思绪穿越到20世纪60年代，我作为黄浦区云南中路小学的小学生到民生路码头、当时的上港二区参加学工劳动的情景。

我们的学校在云南路延安路口，学生们都住在学校附近，而民生路上港二区在浦东“乡下头”。对我们这些自诩为住在人民广场周边所谓“上只角”的人而言，当年的浦东就是农村的代名词。现在感觉近在咫尺的民生路在当年的地理概念上绝对不是市区，连城市的“下只角”都排不上。到那里去劳动，首先要到延安路轮渡站摆渡，过江后的场景和浦江西面完全是两个世界，就是路名也土得掉渣，典型的当数“烂泥渡路”。其实这路名挺有历史感的，好比日本的大阪，其名不就是大坡的意思吗？当年浦东开发之初，为了旧貌换新颜，把这路名也改革掉了。在轰轰烈烈的浦东大开发中，随着推土机将危棚简屋推倒，不少路名一起湮没了。换个角度细细想来，如果把这路名像古董一样保护下来，而高楼大厦拔地而起于这烂泥渡路，白天高楼凌云，晚间霓虹璀璨，土得掉渣的路名和洋气十足的大厦形成强烈的对比美，那种历史的穿越感将多么富有震撼力。可惜了。

老地名，历史的一个符号，其消失令人遗憾，可是毕竟那时浦东开发的脚步匆匆，是不容迟疑的，很多事情确实容不得人细想。

话说当时去上港二区，因为路远，学校发给我们每人每天三角六分钱作交通费。那年头这笔钱对我们这些小学生而言简直就是一大笔钱，用这笔钱可以买不带橡皮头的铅笔三十支，在借阅连环画的小摊上看三十本小人书了。于是我们就想省下这笔钱。轮渡票是没法省的，浦江天堑，即使夏天能游过去成本也太高。那时浦东浦西来回六分钱，从浦西往浦东买票，浦东往浦西不买票。这个制度设计还是很严密的，只有从浦东到浦西再也不回浦东的能享受一次性免费，而能得到这样的一次性免费机会是微乎其微的。也有闹出误会的。一次家里来了一个乡下亲眷到浦东公园玩，从浦东回来时怎么也找不到售票口，轮渡就要开了，他只能被人群裹挟着上了船，一路上内心忐忑，觉得自己逃票了，及至回来一说才知是怎么一回事。

回想第一天到延安路轮渡站，买了六分钱一枚的市轮渡绿圆牌，那牌子的中间镶嵌着一个红色的塑料做的“市”字，把那个

当年的烂泥渡路
(IC Photo)

二十多年前
(IC Photo)

牌子在门卫的眼皮底下往出入口的大箱子里一扔，就可以随人群鱼贯而入进到轮渡上。初次登船好有新鲜感，当水手将大缆绳收起，船离岸的一刻，望着远去的外滩建筑群，我那稚嫩的心里居然有一种离家的伤感涌上来。毕竟那时我们太小了，才小学五年级，毕竟那时的浦东在我们的心理距离上太远了。多次来往后好奇心逐渐取代了新鲜感，我们发现那圆牌上的“市”字可以抠下来玩，而且随着人群扔到箱子里不会被发现，于是你一个我一个地抠，日积月累，不少男同学手里都有十多个雕刻的红色的“市”字可在手里把玩。

每天出入市轮渡口，我们发现上下班高峰时成群结队的渡客，人手一扬，那绿牌子像雨点一样落进箱子里，那门卫竟然能发现谁逃票，真正是火眼金睛。可是也难免有走眼的，有的乘客三五成群，有意无意地一起买票，且把一摞牌子交由一个领头人一把撒出去，同时一群人呈匆忙状鱼贯而入，让门卫目不暇接，想来即使是目光如电也无从清点人头和牌数，最多也就认个八九不离十。再说，每天进出的老客人叫不出人名也认得人脸，每天那几个老面孔在门卫眼前刷过去，而且都赔着笑脸，人不熟脸熟，时间一长总积攒下些许人情，对缺几个市轮渡牌牌的事可能也睁眼闭眼了。作为小学生在学工路上也接触了社会，管眼窥豹，看到了人情社会的些许众生相。

摆渡到浦东进入陆家嘴，去往当年浦东公园处的85路公共汽车站。当时 85 路起点站在陆家嘴，终点站好像是高桥，其中有称之为掉头车的，到高庙再往回开，可见这条线路还是热门线路。到民生路的车费是一角五分，为了省下这车资，我们几个小朋友经常相约启动步行模式，开动自带的“11 路电车”代替 85 路。这一路步行就是沿着浦东大道 85 路的线路走，为了缩短心理距离，我们把这条心目中的长征路分成三段，走到当年的浦东游泳池是第一个节点，那是当时上海较大的一个受学生们喜爱的游泳池，以此为节点能带来幸福感。第二个节点是其昌栈，或许因为这地名对城里人而言有点乡土气息。第三个节点就是称之为“十八间”的地方，我后来在浦东工作时没有关注过“十八间”这地名的存废，直到写此文时竟然也想不清楚在哪个方位。于是上网去查，据网友说就是现在铜山街附近，现在的建筑有五牛城，过去的建筑有天主教堂。至于为什么叫十八间，网上也能查到一些历史传说。可见一个地方只要有故事，就有其文化价值。当年我们拖着疲惫的步伐走到这个节点时，心里就有将到终点的喜悦，于是一鼓作气直达目的地。全程步行中为了赶时间不迟到，我们这些小孩子都是一路急行军的速度，但是无奈人小腿短，一路上耗时还要四十分钟，往往走得汗流浃背，筋疲力尽，走过这十八间已经步子踉跄，双脚像灌了铅一样的沉重，看到行道树就要伸手拉一把借借力。

上班路上我们以步代车，下班时虽然不赶时间，但那时的浦

黄浦江畔
(IC Photo)

当年的轮渡
(IC Photo)

东到了晚上黑灯瞎火的，我们不敢走夜路，所以往往从民生路渡口摆渡到杨树浦路，再老老实实地乘上叮叮当当的有轨电车经过外白渡桥到南京路下车，这条线路还可以少花几分钱。

小学生学工劳动，又在以苦力活著称的码头上，如何派活，当时的上港二区想来是很为难的。初到港区恰是冬天，码头上不见一条货船，那圆圆高高的万吨粮仓，在我们眼里就以为是几个大烟囱。我们心里嘀咕着：那几个土黄渣渣的大家伙怎么整天不冒烟呢？寒风瑟瑟里只看见风刮起的地上沙尘在眼前飞舞，我想起了学校里教过的《码头工人之歌》："从朝搬到夜，从夜搬到朝，眼睛都迷糊了，骨头架子都要散了。"

港区方给我们每人一个小板凳一把小铁锤，派的活是没指标没考核且是我们力所能及的，就是敲大铁桶上的铁锈。活虽不累，但很无聊，不好玩，几个小时下来手上和鼻孔里都粘上了黄锈。小伙伴们就把码头工人之歌哼成了"从朝敲到晚，从晚敲到朝，眼睛都迷糊了，十个手指都染黄了"。终于有一天我们欣喜地看到有大货轮靠岸了，码头上顿时热闹起来。码头工人背驮大包，肩扛重担在跳板上一步一挪的震撼场面出现在我们眼前，而生活中真实版的码头号子和着工人们粗重的喘息声传到了我们的耳朵里。为了协调步伐节奏，形成合力，工人们口中的码头号子是我们不熟悉的"吆煞、吆煞"声，引得我们窃窃私语，到底是歌里的正宗还是生活里的号子正宗呢？去问班主任老师，老师说歌里的是艺术，生活里的是真实。又问我们白米饭好吃还是咸肉菜饭好吃，小伙伴们齐声说菜饭好吃。老师说，两者都是饭，菜饭是由白饭加工来的，但是鲜美得多；艺术来自生活又高于生活，所以歌声里的号子更好听悦耳。听了老师的话，我们咂巴着嘴，想着的是咸肉菜饭的美味，齐齐点着头，似乎明白了许多。

大货轮上的货物卸完后，码头又恢复了平静，我们还是一边无聊地敲着铁桶上的锈斑进行着学工，一边东张西望。货轮上的外国水手走下轮船也没地方消遣，当时的上海海员俱乐部远在浦西外滩，可能也没有他们喜欢的娱乐活动，于是就看到了一个外国水手在扬着风沙的空地上进行着在我们看来同样无聊的健身运动。他拿着一根长长的，杆头上有小勺的铁杆，挥杆击打地上放着的小白球，想把白球打进前方的大铁桶里。当年我们根本不知道这就是在练高尔夫的挥杆，只是觉得这样的运动单调乏味，毫无乐趣可言，心想：资本主义国家出来的人好无聊，放着好好的篮球不打，足球不踢，乒乓球不会，太没品位了。

小学时的学工劳动，给了我第一次接触社会的机会，它虽然短暂且没有真正学工的意义，但是也成就了一段少年时代的别样记忆。

“文革”中的中学时代

20世纪60年代末70年代初，是我们的中学时代，当时满希望能够就近入学，进入格致中学，不想那年重新划学区，我所居住的弄堂被划到了靠近汉口路外滩的红光中学。记得校长在解释校名时，说我校之所以叫红光中学，就是要红得发光。在红红的年代里，红就代表革命，就是时尚，光就代表激情燃烧。然而，红光中学毕竟没有光辉永承，20世纪末，学校被合并了，校址变成了金融大楼。当年红光中学并没有什么名气，如今更鲜有人知道这所中学，母校的生命历程太短，也来不及生产出若干著名校友。我曾经与沪上知名笑星王汝刚做过邻居，一次偶然谈起，他和我居然是校友，让我颇感欣欣然，从此谈到自己的中学母校时不免增加了谈资。偶尔同道好友们忆及各自的中学时代，谈到自己是红光中学毕业的，我就如遇到老乡一样亲切，倘若校友是名人，就更为母校窃喜。当年母校没什么名气，但可以显摆的是学校的位置极佳，位于汉口路外滩，坐在教室里，窗外就是海关大钟，《东方红》那悠扬悦耳的乐曲每十五分钟奏响一次，在没有手表和手机的年代，坐在靠窗的位置，可以随时知道还有几分钟下课。

当时中学四年，包括了初中和高中，开始的课程有政治、语文、数学、几何、代数、化学。物理课，当时被称为工业基础知识，简称工基，与之相配套的当然还有农业基础知识，简称农基。政治课基本上以讲政治形势为主。政治老师姓吴，每次讲课都是底气十足，自信满满，讲到我国形势一片大好时，神采飞扬地说，我国现在是既无内债，又无外债，币值稳定。言毕，笃笃笃，用粉笔头敲着黑板，提示这是重点。数学老师也姓吴，戴着眼镜，教学上在校内小有名气，讲课时带有学究气，讲到得意之处时常习惯性地推一下鼻梁上的眼镜。给我们的感觉是，教材上那些一元二次方程、开根号对于他而言是太肤浅了，无奈教材如此，只能低就。化学课教材更浅，学时又短，只记得背了元素表和水的分子式之类。物理课从杠杆的原理开讲，讲的也是相当浅显。

我较感兴趣的还是语文。记得还在上小学时，一篇作文中我用了“体察”两字，语文老师用红笔作了批语曰：生造词汇，文风不正。弄得我好不尴尬。那时的语文训练是比较严谨的，哪像现在不要说“体察”已成为常用词汇，连“体认”也出来了，更不用说“不明觉厉”之类的网络用语都不胫而走。我中学的班主任成老师，是学校里的语文教研组组长，身高一米八以上，一表人才，颇具文人气质，想当年就有文学青年的范儿，我们听说他在业余话剧演出中扮演过《红岩》中成岗的角色。上课

以上三图为现在的中国银行大楼。在上世纪六七十年代，这里是红光中学，透过一排排的教室窗户，隔壁海关大楼的时针分针清晰可见。

时，他字正腔圆，音色浑厚，一手板书更是写得秀气漂亮。记得刚开学时，他用白粉笔在黑板上写下了八个大字“物以类聚，人以群分”，要求我们择友而交，这是我成为中学生后第一次听到的较为高大上的词，因此印象深刻，一直铭记。讲课时他常用的过渡句是“我们感觉到……”，并且随着语境的不同，“我们感觉到……”的韵律也随之不同，这种带有强烈符号感的用法很有感染力，以至于同学们私下里模仿，而且拿着这句话，学着他的语气语调和成老师打趣。我和成老师相处，觉得气场很合，很投缘。在语文教学中，他每过一段时间都会选出一篇同学写的作文进行讲评，以资激励，而我的作文入他法眼最多，同班同学都知道成老师对我最好。

下乡劳动半年，成老师和我们同吃同住同劳动，真正是和学生们打成一片。我们的学农点是上海青浦大盈乡的盈中大队石西小队。在当时这片水道纵横的广阔天地里，我们学会了插秧、割稻、摇橹开船、挖河挑泥，还有难以下手的撒猪塮。在三夏劳动时用镰刀割麦子，一不小心就会把脚踝割破，扛起扁担不多会儿就把肩膀皮肤磨破。上午在田地里割麦子，下午在谷场上顶着烈日晒麦子，黄昏时又到田头麦垄捡拾麦穗，尽量颗粒归仓。

作为要求上进的班干部，在农村我常常为看不到当天的报纸而苦恼，到晚上还要挑灯学习，像成年人一样学习毛主席著作，学习报纸上刊登的时事政治，如毛主席的《改造我们的学习》《青年运动的方向》等，联系自己的思想实际自我解剖，狠斗私字一闪念，于灵魂深处闹革命。在巴掌大的小本本上记日记，在夜深人静之际和自己谈心，记下自己的心路历程，用诸如“不经霜的柿子不甜，不过九的皮毛不暖”等警言警句激励自己，那些年，这些警句就是我们的心灵鸡汤。在小小的日记本上同自己笔谈，告诫自己知识就是力量，要一辈子勤奋好学，学习就是生活的愉悦，就是最富有的人生。

农村里晚饭吃得早，五点钟就吃过饭了，可到了晚上八点钟左右，同学们又感到饿了。于是在房东客堂的泥地上，坐在门板铺就的床上，同学们纷纷拿出家里铁锅子里炒出来的、放入星星点点芝麻和少许白糖的炒麦粉，有的用水冲和着搅成糊充饥，有的则干脆直接放入嘴里干吃，边吃边说话，一不小心笑出声来，嘴里的粉喷出来，在同伴间腾起一阵粉雾。

农村里电力不够，八点不到就熄灯睡觉了。同学们躺着无聊，只能睁着眼睛说瞎话。有一天深夜躺下后，透风的门墙外北风呼号着，聊着聊着，有一个同学突然发现床的顶上有一搁板，板上放着一个类似半导体收音机的盒子，大家纷纷猜测到底是什么器物。及至第二天白天，向老乡打听，原来是房东先祖的骨灰盒。也许小时候鬼故事听多了，大家觉得天天躺在陌生人的骨灰盒下很是害怕，难以入眠。班主任成老师就劝慰我们，说先人骨灰盒放在家里是正常的，家家如此，不用害怕，并且有他在，和我们结伴睡在了一起。有老师壮胆，骨灰盒下卧睡的我们也都坦然自在了。

青春发育期饭量大，又从事体力活，恰同学少年，食欲正旺。青蚕豆摘下来了，搪瓷大茶缸里装满了，还是吃不够。每个星期到镇上采购一回肉，切成四方块，用草绳扎牢，放上酱油、糖、料酒，在大灶上烧，肉香四溢时，大家围上来每人迫不及待地拿上自己的那块，三口两口，还来不及品出味道就吞到肚里了。

每个月班里都要到镇上赶集，采购油盐酱醋等佐料。当时农村的大路就是机耕路，赶集都是步行去的。头天晚上下了一晚的大雨，我在床板上听着豪雨声，心里直发怵，为的是明早赶集要走的那河上的独木桥。这小桥原本就狭小，仅够一人一脚过，一下雨，那个形似木桩的小桥必定泥泞不堪，走在上面如走钢丝一般。第二天凌晨，我们几个同学拿出毛主席语录，念到“在战略上藐视敌人，在战术上重视敌人”，给自己壮胆，要“学做暴风雨中的雄鹰”。到了桥边，我们几个小伙伴互相鼓劲，在半高统套鞋上捆上几根草绳，增加鞋底的摩擦力，一个一个稳步缓挪，终于全部安然过关。然而机耕路也是泥泞不堪，虽然学着农民伯伯的样把裤腿塞进了套鞋里，虽然学着农民在泥路上走路的样子，迈步时脚跟不往上翘，但到了镇上，大家满裤腿都是走路时自己甩上去的泥巴。顾不上这些，因为还要走回去。等到买完菜，大家饥肠辘辘，如饿狼般齐齐来到大饼油条店，看到馋人的三分钱一两粮票一根的油条，每人恶狠狠地买了十根，狼吞虎咽般地嚼食起这足足一斤的油条。前两根是顶饿，后两根解了馋，再两根吃着还香，再接下去就吃撑了，最后两根着实吃不下去了。回到村里为了消食，从东家的大灶锅里拿了些饭糍用开水冲开，吃下去帮助消化。由此掂出了那个年代各自的食量。就油条而言，一两一根的，男同学 6 根到 8 根，女同学 2 根到 4 根，而这种食量放到现在令人不敢想象，真有好汉不提当年勇的感慨。

学农岁月结束时，班主任成老师让我写一首诗《农村的早晨》，写完后，老师逐句修改，待修改完基本上面目全非，修改者几乎成了原创者了。但老师厚爱我，还是给了我冠名权。在回校的学农结束典礼上成老师让我朗诵此诗，为我配乐的是邻班的小提琴手。

学农结束后，是半年学工，我班定的点是上海黄浦区清洁管理站。我有幸被分在修理站学做木工，地点在河南路桥堍下，其实就是修理粪车。带我的有一老一小两个师傅。师傅们并没有把我当小劳动力，而是悉心教我怎样使用锯子、刨子、凿子、斧子、锤子；怎样使用墨斗弹线，怎样使用英尺计算，包括怎样锉磨锯齿、磨刨刀等这些木工的基础技术活。记得第一次拿锯子锯木头，锯条怎么都压不了线，两三下就锯歪了。第一次刨木板竟然出不了刨花，原来刨刀的刃没出槽，用榔头敲点出来，又敲过头了，把木板啃去了一块……

等到基本的工具都熟悉一点了，老师傅教我做小板凳，并再三说明，这是木匠的基础活，把小板凳做好了，小木匠就满师了。小板凳的难度不仅在于小板凳面要刨得平，凳脚要做得端正，还在于小板凳的四只脚是斜撑在地面上的，板凳脚与板面的楔槽都是朝两个方向斜的，凳脚的榫头要与凳面的楔槽无缝默契才行，而四脚中部还要有横档相连，连接部也必然是斜槽。老师傅耐心地手把手用英尺、墨斗教我划线，斜槽、斜榫头要一分三寸长等。按照师傅的言传身教，我认真地按照师傅划好的线开榫头，但装上榫头的凳子还是七撬八裂，直到学工结束，也没把小凳子做成。技术活没长进，可是饭量提了不少。中午食堂送来饭菜，那时都是用搪瓷碗放上米和水，隔水蒸的饭，搪瓷碗分为二两、三两、四两三种，蒸的饭比家里烧的饭香，我一顿买能装满三个二两的搪瓷碗的米饭，再外加两个二两的馒头，还有一菜一汤，三下五除二吃下去，肚子竟然还没有撑的感觉，真不懂当时自己是干什么吃的。

中学四年，实际读书只有三年，一年给了学工学农，但这一年并未虚度，除了增长了不少社会见识以外，留在脑海里的还有青浦农舍里飘出的炊烟，还有南苏州河畔的晚霞。

中学毕业的下一站就是工作，当时并无大学可上。学习没有压力，读书成绩好坏都是面向工农兵的岗位，于是课余时间大多数放在阅读上。“文革”中《毛泽东选集》的甲种本、乙种本是常备的，我通读了不止一遍；毛主席诗词记得公开发表的有三十六首，我都能一一背诵。记得当时家里有一本马恩列斯语录集，当头第一条就是马克思的“批判的武器当然不能代替武器的批判”这一名句，依我当时中学的水平是难解其意的，但并不妨碍我朦朦胧胧地引用到理论和实践的关系中。列宁的“鹰虽然有时比鸡飞得低，但鸡永远飞不到鹰那样高”这一名言更是让我感觉到哲理的力量，尽管后来知道这也是列宁引用的《克雷洛夫寓言》中的名句。除了革命导师的著作以外，文学作品无疑是年轻人的精神食粮，那时可以放开阅读的主要是《鲁迅全集》，罗广斌、杨益言的《红岩》，金敬迈的《欧阳海之歌》，顾炳鑫绘图的《虹南作战史》，浩然的《艳阳天》，《金光大道》，杨沫的《青春之歌》，杨溯的散文等，半遮半掩阅读的有巴金的《家·春·秋》、茅盾的《子夜》、曹禺的《日出》等。《红楼梦》在“文革”中因为多次被毛主席提及而没有被认真禁过，我在刚入中学时就读过。古代四大名著不难得到，而“三言两拍”要借到一读却是幸事了。外国文学作品中《钢铁是怎样炼成的》看过不止一遍，高尔基的《海燕》，莱蒙托夫的《当代英雄》，《普希金诗选》，柯切托夫的《叶尔绍夫兄弟》等都给我打开了了解世界的窗户，开拓了我的视野。书借了是要还的，于是自己就准备了小本子，把那些警言警句抄录下来，经常阅读也觉得很享受。

还有一年的暑假，自己一时性起练起了毛笔字，买不起专用的纸，每天看完的报纸就是最好的书写材料。没有老师就临帖琢磨，大暑天把自己关在房间里，大汗淋漓中感觉到写大字的畅快，给自己一点时光不虚度的宽慰。

读中学那些年，我们迷上了打篮球。虽然学校里只有一片不标准的篮球场，可是课余时间场子里总是人满为患，校方无奈之下就在场子的中间再安放了一个篮球架，这样本来就偏小的球场里出现了呈品字形的三个篮球架。露天球场的木质篮球架禁不住风吹雨淋，篮板很快就七翘八裂，而篮架上有圈无网，即使是百步穿杨，空心投中也听不到球触网时那令人可心的“唰”声。但是即便如此，大家依然玩得不亦乐乎。那时候没有学霸，也没有球霸，一切都是你有我有大家有的非竞争状态，凡是能拿球往篮球架上砸和扔的，都挤在这片学校唯一的空地上。在无序的球来球往后，慢慢地形成了共识，以三个篮球架为单位，三人一组，组成若干组，三对三围绕一个篮球架开展比赛，输者下场休息，赢者继续。现在半场三人制篮球赛在世界范围内时兴起来，且有了统一的规则。怀着窃喜好奇且有点小得意的心理上网查了一下，发现即使在篮球母国的美利坚，也是直到1974年才有了三人制篮球赛的规则雏形，可见，在三人篮球赛的玩法上，我们也算出道早的前辈，尽管水平不怎么样。

和我们学校隔着两条横马路就是山东路体育场，当时的体育场并非室内馆，而是多片露天球场，中心场地是水泥地，装有较大型的小太阳灯。其余几片场地都是沙地，当然篮筐上有球网。那时的球网比现在的长，如果把现今的球网比作短筒袜的话，那么过去的球网就是长筒袜。球从长筒袜里空心投入时那个“唰”声很刺激感官，让投手更有快感。刚改为短筒袜时，怎么看都不顺眼，令人想到给人剪了尾巴的公鸡。问起理由，有人答是为了减少球通过篮网的时间，为比赛多出一些有效时间。可是那能节约多少时间呢？我不以为然。那时，我的课余时间，包括星期天上午基本上都泡在山东路体育场里。有时候体育场关门，我和中学的球友常常是翻墙而入。我有个同班同学兼球友，家里就住在体育场对面，体育场里有篮球比赛，他不用出门更不用买票，他自家的窗台就是最好的看台。正因为他家占着天时地利，我们那心爱的篮球就放在他家里，每次打球时间，我们就到他家的下面，站在山东路上扯起嗓子叫唤，几分钟后就能看见他拍打着篮球从弄堂里出来。但是到了放暑假时，他有时候贪睡，我们在楼下千呼万唤，他就是不下楼，于是只能让他把球交出来。几次三番后又形成了默契，听到叫唤后倘若他不愿起床，就直接把球从他居住的三楼的窗户里扔出来，开始几次他在扔球时还会伸头窥探一下，后来干脆把探头的动作也省略了，只要听到叫唤就直接把球从窗子里扔将出来，以至于有一次那球竟然直接打在了骑车路过的人身上，骑车人当场倒地。好在人并无大碍，我们几个忙不迭地将人扶起，不住地给人赔不是。

最让人不爽的是手里的球经常漏气，每次为漏气的篮球打气又颇费周折，每次都要到修自行车的摊点上去“蹭”，这难免要看修车师傅的脸色。那时的篮球都是胶皮的，球皮经不住水泥地的打磨，球皮磨破了，还得到修自行车的铺子上找胶皮和胶水补上。胶皮球的气眼老化了又容易漏气，打完气后只能用肥皂将气眼堵死。

那时我们打球近乎于痴迷，冬练三九，夏练三伏，苦练三步上篮，为了躲过对手的防守，上篮的姿势动作要因时而变，所以又苦练各种花式上篮。还有遛底线运球，胯下传球，45 度角投篮命中率，等等都是我们热衷的练习项目。我舅舅是当年同济大学篮球校队主力队员之一，他常和我说弹跳、反应、灵敏度、力量、速度等是篮球运动员所必须具备的基本素质，这当然也成为我们球友小伙伴的自我要求。在一次次对抗性的比赛中，我们学习怎样左躲右闪避开对手的冲撞及一些伤人的小动作，不慎摔倒时怎样顺势翻滚以免受硬伤等要领，但是所谓的“吃萝卜干”的手指受伤却是常有的事，尤其是大冬天，吃一次“萝卜干”，手指要肿上十天半个月。最厉害的一次是在比赛中，我的右手食指中关节被顶出 45 度角，煞是可怕，情急之下，下意识地用左手将变形的手指一按，关节复位了，比赛继续。赛后一瞧，手指肿得像一根粗萝卜干，以至于很多年后那受伤的手指仍不能自然弯曲到底，好似小残疾。寒暑假和星期天里，我总是一大早出去打球，大汗淋漓回到家，补充能量的是一大海碗的开水泡饭，就着萝卜干、咸菜毛豆什么的稀里哗啦吃完，感觉非常爽利解渴，那种畅快感现在已然难以复制，令人不由地感叹：年轻真好！

迷上打篮球，当然喜欢看篮球比赛。当时不可能看到国际比赛，全国各地还没有省市一级的球队，在工人阶级领导一切的强大气场下，篮球的标杆球队无不出自企业。上海比较顶级的球队有杨树浦发电厂、彭浦机器厂、上海溶剂厂、上海柴油机厂等男队，女队拔尖的记得有四方锅炉厂等。凡是有这几个球队比赛的，我都买票去观摩，心仪的男球星记得是杨树浦发电厂的，恕当时年幼，无缘得知球星大名，只知道球友中起的绰号为“凹眼”。女球星是四方锅炉厂的，也无法知其名号，只能随球迷们称呼其绰号“小排骨”。前者是因为长着一双如欧美人的眼睛，后者是因为长得小巧玲珑之故。时光荏苒，想来这两位当时心仪的球星如果健在应该也是 70 岁以上高龄老人了。在信息不发达的当年，要全国出名不太容易，想瞬间炒作成网红也没有可能，当然那些年如果一旦能成为红人，必定成色十足，是很少会有水分的。

中学生，无论什么年代都是赶时髦的主。那年代我们赶过的时髦有“懂经鞋”，就是一种用黑色帆布做鞋面，脚背上有两条斜列的宽紧带，塑料鞋底与鞋面连接处用白布做的窄滚条，穿上这种鞋是“懂经”的标志。上装中流行过大翻领、小翻领的运动衫，一般也是蓝色系列的。更有一种类似海军海魂衫的白底蓝色的圆领汗衫，胸肌比较发达的穿上这种汗衫显得有派有范儿。记得刚流行的确凉衬衫时，我妈给我买了一件，这衣服的挺括惹得班里一捣蛋鬼的嫉妒，借故与我搭讪说这衬衫“扎台型”的，好像不会皱的，说着就用两手拼命揉搓想把它弄皱，想不到松开后衬衫依然一如既往的挺括，使得他好生无趣，悻悻然走了。到“文革”后期流行一时的高档服装就是哔叽呢中山装，简称“哔中”，这一般是踏上工作岗位三年满师后才穿得起的标配，当然也有上身着工作服表明步入工薪阶层，下身毛料裤表明有一定家底的混搭。这些穿着的样板刺激着有机会进入工矿企业工作的中学生希望快些走上工作岗位，完成从学生到成年人的蜕变。

第五章

初出茅庐

中学四年时光如白驹过隙，1972 年的一天班主任成老师光临我家，欣喜地拿出一张红纸印刷的入职通知书交给我，我一看是通知我 11 月 29 日到上海乒乓球拍厂报到，地址是斜土路 2933 号。能留在上海进入工矿企业是我们当时绝大多数同学的心愿，可我在这一页珍贵的纸片面前却心情平静，有欣喜却并不雀跃，可能这是按政策分配的结果，并不意外。我猜度着这厂子的规模肯定很小，好在乒乓球我还喜欢，所以对入这样的厂子工作，心里面没有违和感。报到那一天，我在延安东路沪光电影院对面乘坐上了 42 路公交车，过了徐家汇就是 42 路终点站。下车后寻寻觅觅找到了挂有上海乒乓球拍厂牌子的那条小夹弄，从外往里望去，觉得厂区如一条带鱼状往里延伸。以现时眼光看，那就是一爿弄堂小厂。

厂子在万体馆的对面，可按历史纬度看，应该说万体馆在我厂对面。与万体馆的占地面积和庞大身躯相比，我厂是小不点儿，但是我厂出生早，资格老，我厂为社会主义建设增砖添瓦二十几年后，才有了万体馆。我厂当时坐落在斜土路的末梢，顶端就是漕溪北路了。不知何时我厂坐落的所在地这一小段路改名换姓变成零陵路的末梢了。可能这一小段路附近在 2000 年以后，冒出来不少高档商品房小区，再顶着个又斜又土的路名有失高雅，所以改了名。名头是好听些了，其实路还是那条路，当然路面比当年平整多了。过去的斜土路还是石子路，大卡车开过泥沙扬起，下雨天坑坑洼洼的路面上积着一个个的水塘，骑自行车上班常常被飞驰而过的卡车溅上一身污水。这条路虽然曲里拐弯，但却有高大上的单位，上海电影制片厂和我厂仅一墙之隔，是当年的地标，其次还有科教电影制片厂等。

当年我们这些小学徒为了省钱，不舍得在上影厂门口乘42路公共汽车，总要开动自己的11路电车走十五分钟，再到徐家汇乘26路电车。我和厂里的同事们看着万体馆平地而起，也看着漕溪路从石板路变成柏油路，看到路上那一排当年人人羡慕的侨汇房从无到有，使得漕溪路逐渐变得洋气起来。

沿着漕溪路一直往西往南就到闵行，那里都是市属大企业，集中了当年上海制造业的不少巨头，出名的就有所谓的“四大金刚”：上海电机厂、上海汽轮机厂、上海重型机厂、上海锅炉厂。那些大厂是我们这些小厂小青年向往的就业之地，这些大厂上下班有班车，当我们下班在漕溪路上一路狂奔到徐家汇挤乘26路电车时，常常看到他们的厂车从我们身边招摇而过，特别是到了逢年过节，这些个大厂给职工分发年货，几辆不同厂的厂车并肩而行时，厂车里的小青工还争相手举年货显摆比阔，这里举着一只鸡，那里就举起一只鸭，那里举着一个猪蹄，这里必会举起一条大青鱼……互相秀福利，惹得我们这些漕溪路沿线的中小企业青工羡慕不已。

汉口路江西路的 49 路公共汽车始发站倒是几十年如一日，初心不改，一直驻守在那里。当年它的终点站是漕溪北路上海电影制片厂门口，下车步行五分钟就到了上海乒乓球拍厂旧址。

感受红双喜品牌的荣誉

前一段时间，亚洲乒乓球锦标赛在无锡打得如火如荼，尤其是一大批男女乒乓粉丝围绕着年轻而又健美的国手欢呼雀跃的场景，让我感受到了国球在年轻人心中的升温，这尽管可能和当前的崇尚颜值有关，但无疑将推动乒乓球运动在民间的进一步发展。

当年的球拍厂隶属于轻工业局，是生产乒乓球拍的专业厂家，标志性品牌是红双喜，还有萌芽牌、鸡牌、盾牌等。红双喜品牌创建于20世纪50年代，1959年我国运动员容国团在25届世界锦标赛上夺得了男单冠军，使用的就是我厂生产的球拍。同年我国又取得了26届世锦赛举办权，周总理说是“双喜临门”，遂为我们的乒乓器材起了一个颇有中国风格的名字，就是“红双喜”。我进厂时老师傅们经常提到当年创品牌的艰辛和现在保品牌的不易，要我们守住质量的底线和研发的生命线。当时在国内和我们竞争的品牌有天津的“友谊牌”，其高档产品是“729”，还有广州的“双鱼牌”等。在国际上主要的竞争对手是日本的“蝴蝶牌”“尼塔库”等。

生产乒乓球拍的原材料包括木质夹板、橡胶和胶水。这三样东西决定着球拍的弹性、黏性、力量等方面。

一般而言，进攻型的球员和防守型的球员对球拍有不同的要求，当时进攻型的往往选择正胶，即颗粒朝上粘贴在海绵上的胶皮。这种胶皮内含的填充剂较多，皮质较硬，击球时弹性较大，速度快。缺点是黏性不够，拉不出强烈上旋的弧圈球，当然削球、搓球、发球时，球也不够转。现在专业或业余选手用正胶球拍的已属凤毛麟角，因此比赛时倘若遇到正胶选手，一般人一时会感到不适应对方的球性。

过去防守型的则选择反胶，即颗粒朝下粘贴在海绵上的胶皮，这种胶皮内含的填充剂较少，橡胶含量高，因此黏性大，看上去略透明，且色彩丰富，有给人带来兴奋感的大红、暗红色，给人清新感沉静感的深绿、浅绿色，还有给人酷感的黑色。当年社会上将这样一块粘贴反胶的球拍称之为“牛筋板”，属于高档球拍。反胶胶皮黏度大，胶皮上持球时间长，“吃”得住球，所以搓球、削球、发球的旋转性都较好，又能拉出前冲性强的弧圈球。后来又对反胶胶皮的制作技术不断改进，研发出新的填充剂配方，在保持黏性的同时，反胶的弹性和爆发力得到提高，手持反胶球拍能守能攻，所以现在无论进攻型还是防守型选手大都使用反胶。

专业的和准专业的球员，身边都自备海绵胶皮和胶水，便于在比赛中随时更换，但是把反胶胶皮粘在海绵上是个技术活，如果像粘正胶胶皮一样将胶水直接刷在反胶胶皮粒子上，胶水可能就渗到反胶粒子的根部，这时候把海绵粘上去，反胶面上就会出现若干个“瘪囊”，这不平整的反胶面是不能打球的。正确的做法是将胶水涂在玻璃上，然后将反胶皮有粒子的一面贴在含胶水的玻璃面上，然后再揭下胶皮往海绵上贴，待胶水干后就能挥拍了。

在乒坛上，技术流派可谓层出不穷，各种打法争奇斗艳，拜球拍的发展所赐，又出现了所谓的“怪球手”，打出的球飘忽不定，转与不转难以判断，而且一般不吃对方的发球，对方发球越转，其回过去的球要么不转要么朝反方向转，打乱对方的打球节奏感。这样的球员使用的球拍上一般贴着所谓的生胶或长胶。生胶的颗粒较硬，而且是反胶正贴，颗粒朝上。生胶球拍削球有偶然性，时而转时而不转，而用力击打出去的球却有下沉感。长胶的胶皮上的颗粒比一般的长，而且也是颗粒朝上粘贴，中间衬的是薄海绵，使得底板的力量能够较直接地作用于球上，发力击球时，速度出得来，往往能打出死球。由于长胶的胶皮颗粒较长，接对方旋转球时可以削减来球的旋转性，而长颗粒的胶皮削出的球似转非转，飘飘忽忽，又让对手很难把握。当然这种非常规的武器也不是轻易可以掌握的，使用者最初使用时也有一段习惯的过程，使用这种不常规的拍子，你必须把自己的常规动作改成适应这种拍子的非常规动作，慢慢寻找到手感才行。

一块好的球拍，其优良性能由木质底板、海绵、胶皮、胶水共同组成。想当年我们是土法上马，很多技术参数没有专业的仪器来测量，基本上靠专业运动员的试用。当年的徐寅生、李富荣、张燮林，后来的蔡振华、谢赛克等都是我厂的常客。由于球拍性能主要靠优秀运动员的手感来测试，所以在研发阶段难免靠“面多加水，水多加面”的土办法来摸索调整。当年大众化的红双喜拍子，木质夹板基本上让夹板生产厂按我厂提供的标准生产，而海绵、胶皮、胶水则由我厂自行生产。而运动员使用的拍子则是真正意义上的“私人定制”，全部由我厂通过小作坊式的生产完成的。其底板的材质是个性化的，干燥度是有规定性的，五层或七层的底板，每一层都在天平秤上过磅，天平秤上的砝码从大到小排成一排，以保证规定的重量，当然如果运动员需要，也可以多加一层。现在专业运动员使用的底板都较轻，近来又时兴瑞典的斯蒂卡底板，据说以底劲十足著称，但是我们当年生产的底板手工制作的成分大，个性感强，现在看来具有一定的收藏价值。板上的胶皮和海绵与底板的性能如何配伍，要根据使用者的要求设定个性化的“炼胶”配方进行定制。为了满足各种打法，海绵可厚可薄，以决定球速的快慢，胶皮炼制方法不同、颗粒的可长可短，使得球的旋转多样化。将底板、海绵与胶皮粘贴在一起的胶水和球拍的性能也有关系，现在国际乒协都有禁止性的规定，过去的胶水我们是用氯丁胶来炼制的，现在不知配方上有何变动。运动员使用的木质底板上每一层粘接的胶水不是化学胶水，而是现在已经难以看到的猪血胶水，这种胶水也是我们自己调制的。大热天调制时胶水奇臭难闻，但是它可以使拍子不震手，“吃”得住球。我现在还保存着当时的32号、08号底板，用起来还是觉得比现在的球拍舒服，这纯粹是个人的习惯，当然可能里面也夹杂着不少怀旧情感。

随着乒乓球技术的日新月异，人们开始觉得球速太快了球的旋转变化太多了，尤其是外国人使出浑身解数也玩不过中国人，于是返朴归真，在木板上仅贴一张砂皮，玩起了砂皮球，用基本不转的球来增加球的来回对抗性，据说也吸引了不少爱好者，并且有了世界比赛，开始是外国人得了冠军，但据有关报道，没多久一个业余的中国小伙就踢馆成功夺得了冠军。想来我们小时候买不起好的球拍，就是用一块光板在门板上、在洗衣台上嬉戏的，所以我们可称砂板玩法的先驱者，现在这种玩法换个样子登上了大雅之堂，则是我们当年所始料不及的。不知道的是这种玩法能走多远，也许不久人们又玩腻了，觉得技术含量太低，变化太少，又从大雅之堂上退回民间，回复到其“嬉戏”的本来面目也未可知。

短暂的学徒岁月

刚进厂时我被分配在炼胶车间当炼胶工，此活是重体力活，有进厂后粮食卡上定量吃粮的标准可资证明，我的定量数是 36 斤，较之前一下子增加了 9 斤。学徒三年才能满师，用上海人的老话讲起来就是要想出息，三年萝卜干饭总是要吃的。

橡胶车间是我厂的主体车间，乒乓球拍上的胶皮海绵的生产都在这里完成，车间蒸腾的空气里都是橡胶海绵和各种胶水的味道。其中的炼胶间是最像工厂的车间，因为厂里具备工业通用装备性质的主要生产机器都集中在这里了。那时候的炼胶机器基本上都是开放式的，且没有环保洗尘装置，两个不锈钢大圆滚筒将生橡胶反复碾压几十遍，等到橡胶变柔软了，靠人工将作为填充剂的碳酸钙粉剂加进去，再碾压均匀，根据球拍胶皮的性能需要，还要将白炭黑、硫黄等以及红色、蓝色或绿色的颜料加入，然后在滚筒上徒手将添加剂拌匀，方法就是将压出来的橡胶片左一下右一下打成三角包，三角包越打越大，手掌托不住了，就让三角包在小手臂上滚动，再后来用大手臂，直到用肩膀扛着翻动，就这样反复打包再反复碾压，直到加入的料与橡胶浑然一体。

橡胶在碾压中产生的温度很高，虽然两个滚筒里不断有冷水循环冷却，但滚筒和橡胶依然烫手，但操作时不能戴手套，因为万一不慎，手套被橡胶粘连会将整条手臂带入滚筒内，后果不堪设想。

最累人的程序是“出片”，就是要将压成两公分左右的橡胶片从滚烫的滚筒上割取下来。割刀是锋钢做的，是一种含有钨、铝、铬、钒等合金元素的合金钢刀，兼具硬度和韧度。出片时先用刀在卷有橡胶皮的滚筒上用力划一刀，然后左手迅速抓住割开的橡胶皮把它提起来，右手持刀抵住滚筒，再迅速将还附着在滚筒上的另一端割划断，这些动作必须一气呵成，否则橡胶片就取不下来。一车橡胶有五百斤左右，一口气割取下来需要眼力臂力腰力的配合协调，这是一个技术活，更是一个体力活。

开放式炼胶，加入的粉剂在空气中飞扬，尤其是颜料粉最轻最细，一车橡胶打下来，整个人的脸上身上全是粉尘，眉毛上挂着红、蓝、绿色的颜料，像京剧脸谱的花脸。那时电力紧张，到了夏天，常常需要工厂削峰填谷，炼胶车间是用电大户，所以总是上夜班，深夜时厂里空荡荡的没人影，下班了洗澡只能用炼胶筒里用来冷却的水。洗澡房和更衣室则在带鱼状厂区的尾巴上，是一间放置海绵和橡胶下脚料的狭小陋室，而我们的替换衣物就放在这屋里，没几天旁人就能闻到我们身上散发出的类似于咸鱼的腥味，而我们自己则浑然不觉。

带着我炼橡胶、开始学徒生活的是李师傅。我师傅身材不高，但身子骨结实，因为穷苦出身，从小就干苦活累活，练就了一副好身板。他原是上海市水上公安局水上派出所的所长，“文革”一开始公检法被砸烂，他和一大批公安局的局长处长们下放到厂里劳动锻炼，这些下放干部基本上是离休老干部，过去带过兵打过仗。在下放干部中也有一些教育卫生系统的知识分子，如第六人民医院的医务干部，华东师大的中层干部等，这些下放干部都非常平易近人，和厂里的职工相处融洽，完全打成了一片。工作之余，工人们打听他们的行政级别，有的十级，有的是十四五级，六院的有位相当于副科级，就自我调侃是二十三级干部，于是二十三级就成了他的别号。我师傅由于身体好，吃得起苦，就被派分到重体力岗位上。和他一起搭班的是上海市少体校乒乓教练，姓何，何教练看上去虽然显得单薄精瘦，但是筋骨不错，一手横板削球在当年的上海乒坛小有名气，现在当属元老级人物。工作之余，我师傅专研炼胶方面的技术书，而何教头则看他的乒乓教程。

我的李师傅有护犊子的脾性，重的活一般都是他抢着干，看我身子骨比较单薄总让我多歇歇，也经常鼓励我多锻炼，说他自己小时候也单薄，经过锻炼就强壮起来了。上夜班时，我师傅总是提前一个小时来，把准备工作都做好，在他的带领下我们总是超额完成任务。我师傅的刻苦耐劳赢得了工人师傅们的信任，等到下放劳动的干部们都落实政策回去了，而我师傅通过双向选择留了下来，担任了厂里的书记，直到退休。

我在工厂做后勤

当前商品经济高度发达，和生活服务相关的内容都呈现出市场化、社会化的局面。中午时分，大街上送外卖的电动车在车水马龙中穿梭，将一个个饭盒送入鳞次栉比的写字楼、繁忙的工地乃至私密的居住区里，也看见一批批的小白领从写字楼里鱼贯而出，钻进一个个小饭店或者大商场里的食街觅食。

人吃五谷杂粮总免不了小病小痛的，常听到三级医院人满为患的抱怨，也难怪，既然看病自由，谁都愿意到大医院去。

现在鼓励生二胎，可是年轻夫妇们却常权衡纠结，因为带婴幼儿是个不小的负担。

这使我不免想起自己年轻时在老单位里的生活时光，想起了那时厂里的后勤科所负责的食堂、医务室和托儿所来。

那时候单位里都有食堂，而且领导们都知道食堂这一方天地是凝聚人心之所在。在上海人的屋檐下，家里的主妇知道管好了男人的胃就能让男人感到家的温暖，在工厂里同样如此，管好了职工群众的胃，工人们劳动的热情、同事相处的心情就不一样，职工对自己单位的认可度就高。如若食堂的饭菜价廉物美，下午在外办事的员工即使工作结束了也会赶回单位吃了饭再回家，这何尝不是一种向心力啊。

在我进单位的第二年，单位领导把我从车间调到食堂间当管理员。要知道这个管理员不仅需要管理能力，还需要有生活经验和阅历。那一年我才二十岁，还是涉世尚浅的小青年一枚，可是应着了“初生牛犊不怕虎”这句老话，不知深浅的我，在领导和同事们期待的目光里，在厨房间锅碗瓢盆的合奏声中，懵懵懂懂地跨进食堂门。

事非经过不知难，管好大家的胃，这活儿其实一点儿不好玩，所谓众口难调啊。满足众人的食欲需求，不但要有符合最大公约数的大众化理念，还要有花开两朵、各表一枝的个性化路线，菜肴不仅要色香味形俱全，而且要量足，还要价廉。

管理员的一个重要职责是核定菜价。那时候物价基本是稳定的，菜场里精肉九毛八分一斤，腿肉丝一元零三分一斤，夹心肋条七毛八分一斤，小排五毛六一斤，板油三毛五分一斤，肉骨头仅一毛五分一斤，标准面粉一毛七分一斤，精白面粉两毛七分一斤。当年货物短缺，但不存在物以稀为贵的道理，物价、货币稳定是经济形势好的标志，买卖随行就市就有投机倒把之嫌。

在价格问题上，要命的问题是众人心里还都有杆自以为是的秤。那年头，食堂售饭窗口上的小黑板是大伙儿目光聚焦点，犹如现在股市里的行情板一样。凡红烧肉加青菜底超过一角五分的，红烧大排加青菜底超过一角七分的，黄芽菜烂糊肉丝超过八分的，单盆炒青菜超过四分钱的都叫贵。一遇到季节性的物价波动，尤其是“八戒”身价涨了，作为食堂管理员的我都不敢轻易动菜价，但红烧肉薄了，大排小了都会让就餐的同事们愤愤不平，拿着筷子头对着食堂窗口指指戳戳。没办法，为了让红烧肉看上去大一些，砧墩板上的师傅把五花肉切成一个斜面，结果让火眼金睛的同事们看出名堂，戏称食堂间的人都是“奸商”。还有一位车间老师傅把头伸进售饭窗口里面，眼睛看着我，手指点着食堂里的人头数落道，“倷为啥道理一天到夜就想着哪能样子赚钞票，不想着好好做人呢?！”弄得我们哭笑不得。我们为啥要赚钱，又不是私人老板开饭店。没办法，我们还是把肉切得规矩点，让其显得敦厚而不失方正以体现诚恳，一斤排骨条必定成色十足地劈成七块以体现标准。一旦食堂亏本了，再找厂部补贴。

最难把握的是肉包子，此物几乎人人喜欢，早晨进入食堂，一两粥两个肉包子，幸福一天就此开始。肉包子现在大街上都能买到，但吃起来，里面的肉馅基本上都放酱油，肉的新鲜与否不得而知，其滋味也实在和我们当年的相去甚远。当年我们所用的肉馅都是到菜场采购的腿肉，按七精三肥的比例在食堂自己的绞肉机里搅拌出来后，放入盐和料酒用手调匀，其间绝不加水。里面不放酱油，保持肉糜的本色。为了“吊”鲜头，会放少许糖，符合相反相成的辩证法。这样的肉包子原汁原味，只要轻咬一口，一股鲜美的汤汁即在唇齿之间满溢开来。在肚子里缺少油水的年代里，吃肉包子就代表了舌尖上的幸福。肉包子一两一个，价格五分，但是食客和食堂都计较肉的多少。为了公平，每个包子里的肉量要大致相当，多少面粉做成多少包子用多少肉，食堂要保证不亏本，食客要感到物有所值。我是管理员，负责的是经济核算，刚进食堂时大家对我满怀希望，吃肉包希望咬在嘴里的肉多一点，结果一核算，包子成本是六分，食堂的大师傅说出价要实事求是，这肉包必须卖六分一个，等到一开卖，窗口外是一片骂声，说新官上任就涨价了，就是没人说包子里“二师兄”多了。我知道这是大师傅在给我上课：不要一味讨好窗口外的人，也在提示我食堂这碗饭不好吃的。

食堂间里的人管着人的胃和嘴，碰到关系好点的同事，菜给多打一点，肉挑得不肥不精一点的事在所难免，所以车间里的人一般总希望和食堂间里某个人关系好一点。

食堂间里也有求人之处，譬如当要买米和面粉时就需要卡车师傅帮忙踩一下油门，否则的话，那五百斤一麻袋的大米和一百斤一袋的面粉一次买上两千公斤，没有卡车只能用黄鱼车去拉了。如果用黄鱼车运输大米面粉，即使屁股不着坐垫，两腿使劲踏也不行，后面还需有人帮忙推。

黄鱼车属于人力车，空车拼命骑行每小时都不到十公里，虽然当时也有机器脚踏车，但那车是真正的“助动车”，主要靠人骑行，机器只是助动，绝对时速在 15 公里左右，作为机动车的大卡车时速不过在 40 公里左右，但我们都已经觉得很快了。当然没想到的是，现在助动车时速已莫名其妙地上升到 25 公里甚至 40 公里以上，常常和机动车并驾齐驱，居然还被当作非机动车来管理，骑行者不用考驾照，任意在快车道和慢车道上穿插而少有人管，即使喝了酒也没有酒驾醉驾处罚之虞，如此自由自在，让人既不知道是什么道理，更不知道对社会而言是福还是祸。

反正我们当时对机动车和非机动车的概念认知是不糊涂的，运送成吨的物资还是要靠机动车的，所以每当趁做肉包子的时候，就请卡车师傅工余时间帮食堂的忙运大米面粉，事后慰劳师傅两个肉包子就搞定了。

食堂管理员当然要抓管理，单位领导和食堂事务管理委员会的人盯住的就是食堂间里的人不能多吃多占，不能买生菜回家。对于前者，作为管理员的我，只要每天核查用餐记账单即可。但是那年头菜场里活鱼和猪蹄猪肚猪肝等所谓猪的下脚料很难买到，而食堂有团购优势，作为伙食团出面，有时还是可以见到这些稀罕物的，于是把这些生菜买回家就成了食堂间里人的特权。

既然生菜不能买回家，那煮熟了买就合法了，刚入门道时，食堂里的老人就给我这个“素人”出了一道题。把猪肚放入锅里煮熟了捞起来，搁在秤盘里过秤，按菜场里的进价付钱，买熟菜回家没毛病吧。过段时间才醒悟过来，表面上不能买生菜回家的问题解决了，但煮熟的猪肚比生的分量轻多了。好在这样的开“素人”玩笑仅此一次。可见行行有门道，在基层，外行是领导不了内行的。

企业是讲劳动生产率的，食堂属后勤，一般都以一个劳动力烧五十个人的饭作为标配。我这个管理员可不是官，一天的工作从采购开始，跑菜场、米店、酱油店，主要交通工具就是黄鱼车。黄鱼车的刹车分手刹和脚刹两种，我选的是脚刹的，因为脚刹反应快，力量大，而且刹车不用欠身弯腰，骑行姿态比较洒脱。尽管是伙食团采购，不用排队，但早晨的菜场里都是性急鬼。为了赶时间，我像骑单车一样把三个轮子的黄鱼车骑得飞快，采购回来后开出当日菜单，清理昨日收进的饭菜票，放入用福尔马林药水熏蒸消毒的箱子内，到库房盘存后核算出盈亏。然后走几步就下到了厨房，或帮砧墩板上的师傅切菜，或帮火头军烧火，或帮分菜入盆，继而核好菜价，写到饭堂的大黑板上。开饭了，再和大家一起在窗口笑脸相迎同事们，践行热菜热饭热心肠的食堂间人员价值观。

由于人手紧张，我和食堂间的师傅们基本上都练成了多面手，上得了砧头和灶头也下得了烧火房，能做菜也能做点心，否则一有人病假或撂挑子就可能开不了饭。那些年里为了赢得众人的欢心，我翻遍了能买到的大众菜谱，不断在菜式上翻花样，让大家有新鲜感。

正餐把大家伺候好了，由于早班人少，早餐除了粥之外，只有以从糕团店里进货的条头糕双酿团之类充数了，上早班的师傅就发声音了，说食堂里的人是懒虫。为了补上这个“短板”，我和食堂间的师傅们经过自学，每周有两次不定期地为大家做出了油氽面饼、粢饭糕、油条、糖糕等，用辛苦换来了车间里早班师傅们的笑脸。

对后勤科而言，食堂是重头，因为其具有大众普适性。但相对“小众”的托儿所和医务室也是不可偏废的。那时，单位托儿所是一种很受欢迎的福利。

我所在单位的托儿所有两个阿姨，管着二十几个学龄前孩子。孩子的母亲上班前，把孩子往托儿所一放就可以安心地上岗，孩子和自己同处一地，孩子有什么状况，家长分分钟可以知道。到了哺乳时间，母亲就可以到宝宝身边，边喂奶，边和孩子亲昵一会儿，然后神清气爽，心满意足地回到岗位上继续工作，下班了又带着孩子一起高高兴兴把家还。反观现在，产假结束后临上班的母亲们都为孩子没人带而发愁，于是双方的老人开始轮流上岗，而在班上的父母则心挂两头，难以释怀。现在社会上的托儿所虽然也有，但难以满足需求。过去单位自己办的托儿所，给人以放心和温馨感，之所以如此，因为这是单位的一个组成部分，工作人员的责任心更强，也因是单位自己的部门，阿姨就像自家人一样具有亲缘感，大家都是一个命运共同体的成员，这样的托儿所没有铜钿银子的交易，但有亲情的温度。用我们当时的“话语”来说，就是你在生产一线，我在后勤上班，只是分工不同，都是在为单位出力，都是在为社会主义添砖加瓦。当时的这种无产阶级感情就是这样的纯粹，以至于现在忆及依旧令人感动。

办好医务室也是后勤科的要事。当年的医务室是简陋些，硬件虽不硬，软件却绝对不软，不是简单地涂涂红药水、贴贴橡皮胶的地方。里面的人既是医生也是护士，在我们眼里都具有相当于全科的水平。医务室能够对付普通的伤风感冒，还能进行常规病的甄别，常规药的发放，不仅能打肌肉针、打吊针，也会现在一般小护士不愿做的静脉推注，甚至有的还会针灸、推拿、拔火罐。

当然医务室最大的权力是开病假条。要知道，在计划经济时代，吃着大锅饭，捧着铁饭碗，在岗位上干好干坏一个样，能混到病假就是赚到了福利。听说过一些小青年为了私事混病假，私下传授作弊技巧：将放入热水的小瓶子藏在裤兜里，插在裤兜里的手指贴在瓶上，接过体温表时好似不经意地用焐热的手指拿捏温度计的金属头，造成体温高的假象。至于这种小伎俩是否得逞过，那就不得而知了。

由于当时全社会实行的是三级诊疗制度，单位里的医务室在

单位办的幼托
（IC Photo）

玩耍的孩子们
(IC Photo)

维持正常的医疗秩序、合理配置有限的医疗资源上功不可没。当时职工看病很多都是医务室开出转诊单到地段医院，地段医院接诊后如果觉得还需要上转的，就会转诊到中心医院，中心医院治不了的则转诊到三级医院。现在这种三级诊疗制度被打破了，以至于一般的伤风感冒患者都挤到三级医院，造成三级医院天天大排长龙，得大病的人不能快速地在大医院得到治疗，大医院的资源得不到合理使用，逼得医生和病人身心俱疲，医患矛盾凸显，这实在是让人始料不及的。

单位办后勤，曾被诟病为单位办社会，过去单位办的食堂、医务室、托儿所，在后勤社会化、市场化的呼声中逐渐式微，有的单位为了压缩开支、降低成本，把后勤事务都推向了社会。但岂知市场化是要以可盈利作为前提条件的，社会化是要以社会组织发达作为基础的。在前提和基础尚不完善的情况下，人们不免怀念当年单位的那些人性化的后勤福利，所谓此一时彼一时。当市场化和社会化难以满足需求时，政府出台措施鼓励单位，尤其是大单位办好后勤，还真不是多此一举的事情。

“单位”这个词颇具中国特色，单位是社会的一分子，单位在社会需要的时候办一些社会尚未办全的事也是在履行社会责任，当然这不会是过去的简单回归。

难忘的杨书记和杨厂长

我厂的支部书记叫杨俊，厂长叫杨文彬。因为两人都姓杨，所以厂子里的人把他们二人统称为“羊头”。有幸的是两位当家人都是我的入党介绍人。杨俊书记长得较为“厚实”，圆圆的脸庞，浓黑的双眉下长着一双大眼睛。他原来是在轻工业部里工作，为了照顾身体不好的家属回到上海，与科级干部的级别相对应，当了厂支部书记。既往的工作经历使得他的工作风格较为超脱，抓起工作来有点举重若轻的样子。那时候书记和厂长分工比较明确，书记主要负责抓革命，厂长主要负责促生产。杨书记的主要精力就放在了以抓革命来促生产，厂里干部职工的理论学习，各项政治运动，干部的选拔任用，组织干部、宣传、工会、团委等工作抓得是井井有条。业余时间他也喜欢打乒乓球，常参加厂子内外的比赛。他的反手发球是绝招，有转与不转的变化，每当看到对手吃了他的发球，脸上就露出得意的笑容。

厂长杨文彬，高高的个子，长长的脸，戴着一副高度近视眼镜。他写的字也很有个人风格，辨识度很高，每个字都细细长长，整整齐齐的，一律从右往左倾斜，加上其身材修长，厂里的同事们私下里给他起了个绰号叫“洋伞柄”，虽然有戏谑成分，倒也不失干群之间的亲昵。杨厂长身子较弱，又有美尼尔氏症，常犯头晕，而且好像肺部有疾患，是早年学徒时在粉笔厂工作落下的职业病，常有轻微的咳嗽。他曾和我说起“文革”初期他被当作“走资派”，遭到“造反派”批斗和毒打，“造反派”解下腰里的武装带，用皮带上的铜头抽打他，此事多年后仍令他心有余悸，所以发病时眼前常有铜头皮带的影子。

杨厂长工作认真踏实，兢兢业业，无论政治学习还是行政业务都十分在行，而且善于思考钻研。他喜欢读书的小青年，对于刚进厂当学徒的我一开始就厚爱有加。记得我三年学徒期刚满师，他有意培养我学习劳动工资管理，教我很多有关业务知识。他时常提醒我身边要备一本小本子，凡目有所见、耳有所闻、心有所思，值得记录下来的即刻用笔记下来，他说这就叫“好记性不及烂笔头”，说着拿过一本工作手册，在扉页上工整地写了“勤笔免思”四个字送给我。后来，又培养我学习政工业务。那一年厂里发生生产用的木料失窃事件，怀疑是供销科有人用“飞过海”的办法，在运输中途卸下了些许木料，线索指向地点是南汇县老港乡，于是厂里让我随外调组到南汇县调查。那年我约二十二岁的年纪，可谓不谙世事，在外调中我跟随走访了线索指向对象的家庭，看到了赃物，察看了卸赃物的河道码头。

除了外调工作中一些支离破碎的记忆外，还记得两个生活片段。一个是在南汇县城的饮食店里吃了一餐，粗花碗里盛着四两米饭，一个搪瓷盆里盛着青椒肉片，一个大海碗里是泛着油花的肉皮汤，那餐饭给我印象最深的是服务员端汤上来时，那个留着长指甲的大拇指深深地浸在汤里。从此后每到比较经济实惠的饮食店用餐时，我就会特别注意端汤服务员的大拇指，稀奇的是十有八九会重现这一幕，好像经过统一培训一样，那大拇指犹如佐料一样总要浸在汤里，从此我就知道了托盘的重要性。另外一件事就是在县城看电影。那时候南汇是远郊，从市区到南汇来回，途中要花费五六个小时，晚上回不来，就住在南汇县城招待所里。晚饭后县城里的店铺大多已经关门上锁，只有招待所对面的电影院还有一场六点的夜场电影。在县城的电影院里，坐在又硬又冷的长板凳上，空气里混合着各种香烟味，眼前不时有青烟缭绕，耳边嗑瓜子声不绝，充满着农村生活的烟火气，看一场这样的电影也实在是那时难忘而有趣的生活体验。

杨厂长是把我当可造之才培养的，所以既给我各种锻炼机会，也手把手地教我本事，包括在内查外调中怎么提问，怎样做笔录，我是在他那里知道调查笔录的正式称谓是“陈述笔录”。初听到这个名称，我对这笔录油然而生庄重感，然后他又给我详细地讲解陈述笔录的格式和要点，还告诉我笔录的空白处为什么要用曲线勾画掉，笔录有多页的话，一定要把页面错开并盖上骑缝章，以保证页面不让人偷换调包等，这让我切实感知到调查工作所需的严谨性。

我感觉，杨厂长年轻时一定是个吃苦耐劳、有远大志向，且发奋上进的好青年，他对自己要求严格，善于自学琢磨问题，只是“文革”初期的经历给他留下的烙印太深，所以性格上有时稍显内向。他退休后，我曾经去看望过他，他一如既往地关心时事政治，天天读书看报，还要做剪报粘贴，对形势经常作些分析，可惜少了听众。他老爱人告诉我，老杨平时在家里不关心家务琐事，看到脚下的油瓶倒了也懒得弯腰扶一下，但对国家大事却念念不忘、事事关心。

“三位一体”的政工经历

进厂第六年，我开始学做政工工作，兼任了工会主席、宣传组长、团支部书记三项工作。一人兼三职当然很忙。工作所迫，我学会了合并同类项和套裁时间。这三项工作都涉及政治思想宣传、职工文体生活、劳动竞赛等，于是我把这些事结合起来干。那时的宣传工作主要有三大件，即黑板报、广播、油印简报加大幅标语。食堂里墙上是劳动竞赛的排行榜，一天一更新，排队买饭菜的职工们都能看见。黑板报一周一期，我集征稿、编辑、抄写、美工于一身，有时候没有稿源，我就只能自拉自唱，时间来不及时就打好腹稿直接上墙了。出黑板报是个辛苦活，由于两块大黑板都在工厂的主干道上，夏天烈日当空，露天作业汗流浃背。冬天北风呼号，滴水成冰的日子里，湿的抹布刚把黑板上的字擦掉，那浮在板上的水迹即刻变成了冰痕，又得用热水重擦后用干布把水吸干。往往一大块黑板报出完，手指已经冻成了胡萝卜。

工厂的每个车间，包括食堂、仓库乃至露天干道上，只要有人活动的地方都有收听广播的喇叭头，在其他通讯器材还不发达的时代，工厂和农村的资讯主渠道是差不多的。我仍然是征稿、编辑、播送一竿子到底。我厂的广播室在厂门房间的楼上，十平方米左右的空间里还放着双人叠床供值班用。广播室是简陋的，只有一台功放机，一个老式唱机，还有几十张现在很受收藏家青睐的胶木唱片。那时每天广播开始前，我先用一张胶木唱片放一首开场曲，然后用还算标准的普通话念稿子，中间不时地插播《大海航行靠舵手》《五星红旗迎风飘扬》《山丹丹开花红艳艳》等当年的流行歌曲。最让我得意的是一次职工运动会，受制于场地和时间，没法搞开幕式，我便设计了一场广播形式的开幕式，比赛项目、参赛队数、比赛规则、时间安排、运动员裁判员发言什么的都可以广播，在运动员进行曲后运动员入场环节，我在背景音乐下用报名字的方法让每个运动员的名字都传到厂区的角角落落，这就让参赛队员很有成就感。

我所在的厂是支部厂，脱产人员有限，在突出政治的年代，厂里的政工脱产人员除了支部书记外就是我了，所以大事小事都要亲力亲为。比如要在墙上写大幅标语，需自己骑着黄鱼车，花十五分钟时间到徐家汇华山路上的文化纸品商店去买大红纸、墨汁、排笔、浆糊等，回来后把浆糊粉放在大铅桶里调匀，然后把大红纸粘在墙上，稍干后即用排笔沾上墨汁，以美术仿宋体写上宣传标语。我的字本来就不好看，用排笔写字原来就不会，蟹爬的字涂在墙上真是丢人现眼。厂里有个电工师傅姓张，为人热情，写得一手好字，要感谢他一笔一画教我怎么用排笔，怎么写美术字；也要感谢厂里同事们的宽宏之心，在我蟹爬般写字时，他们从来没有讥笑过我，相反给过不少热情的鼓励。

共青团工作的要点是先进性和群众性相结合，光有先进性、失去群众性，团的工作就失去了群众基础；只讲群众性、没有先进性，团的工作就会流同于一般的青年团体。那时我在厂里组织了几个兴趣小组，吸引团员青年参加。在工厂里最受年轻人欢迎的是文娱活动和休息天外出旅游，当然那时的旅游主要是郊区游，开辆两吨头的卡车到上海的松江青浦金山算远郊游，到南汇奉贤宝山算近郊游。逢到这样的好日子，厂里的年轻人往往六七点钟就在厂门口集中，带上两个八分钱的苏旦面包作为早点，把团旗绑在卡车的护栏上，车子一开，风吹团旗呼啦啦响，团员青年的欢乐情绪就开始在这团日活动里飞扬。那时人们真的很容易得到满足。

与之相比，组织工作较累的是过组织生活和义务劳动，这两项活动的出勤率是我工作中的痛点。为了让组织生活有吸引力，我在政治学习之外，把文化知识学习和社会生活常识导入进来，如唐诗赏析、中文的语法结构、形式逻辑的要点等，开启了文化小讲座。我将在业余大学里学到的知识加上自学而得的知识作为基础，自己备课、讲课。我还给大家讲过社会交往中的一些小常识。这些讲座不仅丰富了活动内容，也提高了大家参加组织生活的兴趣，在一切都要“政治挂帅”的年代，这样的组织生活样式可算是有点“旁门左道”之嫌了，但是我认为这不失为一种增加组织吸引力和凝聚力的方式，毕竟一个组织有了吸引力和凝聚力，才会有战斗力。

那时组织义务劳动很普遍，大家都学过列宁同志的名篇《论“共产主义星期六义务劳动”》，文中要求共产党员和积极分子每天自觉多加班一小时，积攒到周六就进行六小时的义务劳动。因此作为先进青年的群众组织，在义务劳动中当然要打头阵。当时我们厂里新来了一位王厂长，个子瘦小但干劲十足，身为一厂之长，但很少坐在办公室里，基本上每天都和工人们在一起劳动。他对我的要求就是隔三岔五组织青年义务加班，他也参与其中乐此不疲。但是我要完成这项任务难度不小，因为频率太高，政治上要求入团的青年较好动员，刚进厂的学徒也好说话，但是到了谈恋爱年龄的年轻人，晚上的时间就不太好侵犯了，为了完成任务，我只能轮流点将而且每次都亲自参加。好在到了“文革”后期，开始强调加强企业的科学管理，靠加班来超额生产的做法不再盛行，义务加班的热度开始下降。其实提高八小时之内的工作效率远比让人不情愿的加班更重要。

我在工厂里工作了整整九个年头，从学徒到成为厂的支部副书记，每天工作时间几乎都在十二小时以上，可能也正因为大家认同了我这份努力。在“三十六元万岁”的岁月里，年轻人等到进厂六年以后就有机会加工资了，政策是“三六九一条龙”，即根据工作表现分别可以加三元、六元、九元不等。一般的加三元，好的加六元，特别好的加九元。我们厂一万八千人，只有几个人加到九元，我是其中幸运的一个。

我深深地感恩我厂对我的培育，这九年时间是我走上社会舞台的起点，我深深地感恩工厂里的领导、师傅和同事们，是他们在我走上社会的起步阶段，不断地给我加上一把力，使我得以行稳致远。

徐汇业大的点滴

华山路淮海路口的那一块不起眼的小三角地拆迁的时候，我就住在它的对面，隔窗俯看，想到当年自己曾经就读的徐汇区业余大学将从原址上消失，心里不禁泛起些许不舍的情愫，毕竟在那方寸之地上有我的一份念想。

遥想当年，在徐汇区业余大学的简陋门楣和校牌下，曾经集聚着一批追求知识、有着人文情怀，不甘在“文化浩劫”下沉沦的年轻人。夜幕降临时，我们或坐公交，或骑“老坦克”往业大赶，到课程结束走出校门已是九点以后，抬头望去，正是街市路俱黑、夜校火独明的光景。

当年的校舍虽然简陋，但是课程序列并不因陋就简。学校给我们开的科目颇有系统性，老师讲课也是兢兢业业，一丝不苟。尽管从徐汇业大毕业后，我又在华东师大、华东理工和同济大学进修过一些课程，可是徐汇业大终究是我进入高等教育的第一站。

三十多年虽在弹指一挥间，但至今依稀还能记得现代文学老师给我们开讲现代文学史，从鲁郭茅、巴老曹的作品开始，再延伸到郁达夫的《春风沉醉的晚上》《沉沦》，戴望舒的《雨巷》等，直至萧红、萧军，尤其是讲到才女萧红的身世时，老师朗读了萧红临终之际在香港留下的哀婉之词“我将与蓝天碧水永处，留的那半部红楼给别人写了，半生尽遭白眼冷遇……身先死，不甘，不甘”，事到如今，老师那击节而叹的语调还萦绕耳旁。至于那“半部红楼”指的是萧红想续写自己的得意之作《呼兰河传》第二部，还是要写她心里向往的赤都延安，那个“别人”又是指谁？讲课老师只是诡谲一笑，让我们去研究文学史寻找答案。这种循循善诱、欲说还休的教学，既活跃了课堂的气氛，又引导我们去课外阅读。遗憾的是，那时的文学园地还是荒芜一片。

形式逻辑是专门研究人的思维形式和规律的学科，在当年于我们还是一门全新而陌生的课程。概念、判断、推理，概念的周延和不周延，全称肯定判断、否定判断、特称肯定判断、否定判断，以及三段论推理中的必要条件、充分条件、充要条件等等，尽管老师讲得不厌其烦，可一开始还是把我们绕晕了。在反复的解说和操练的过程中，我们得到了训练思维严密的启蒙。等到课程结束，我不仅对这门课产生了浓厚的兴趣，而且在单位里的青年学习活动中现炒现卖，经过“学进去、吐出来”的这个过程，进一步加深了对这门学科的理解。

接触这门学科之际，恰逢一个好辩的时代，大批判大声讨此起彼伏，大会小会你辩我答，少不了类似于“白马非马”的争论。这时候就不乏练嘴皮子的机会，初识文理的半瓶子醋加上年少气盛，语锋凌厉之余，自以为体会到了所谓逻辑的力量。到今日想当年，无不留恋往昔一往无前的好辩，而又更享受今日欲辩已忘言的通达。

中文专业里语法是基础，我母亲是中学语文老师，在家里批改学生作业时我总凑上去看，这时她就出题让我改语法病句。耳濡目染下，我自小就对语法有兴趣。记得卢彤老师给我们上的现代汉语语法课，老先生当年一进教室就一本正经地说，你们现在已经是大学生了，言语中启发我们作为大学生的人生自觉。他从许慎的《说文解字》讲起，讲了象形、指事、会意、形声、转注、假借六大造字法，让我们了解汉字的前世今生。卢老师还给我们讲了现代汉语语法的主、谓、宾划分，特别讲了“搭阁楼”的方法，以此一段一段地细分语法结构。讲到动宾结构时又回复到词性特点，动词有及物动词、不及物动词之分，还有他动词、自动词等，可谓是尽述其详。

我感觉自己受到了较为严格和系统的训练，以至于经常会自觉不自觉地修改别人文章中的病句。然而，事到如今我已没了当年的底气，因为现在的权威性、高规格的文件和大报章里有时也出现了当年我们所剖析的病句，在约定俗成的解释下，谁去死抠语法，反而显得迂腐甚至可笑了。如“保障”这个词，在当年的现代汉语中是不及物动词，它由保和障的动宾搭配成为一个名词，不能把它作为动词用，过去的考试题中还专门以此拟出病句考学生，但当下这个名词已经被广泛地作为动词用，所谓“保障改革顺利进行”等句式早已登上大雅之堂。再如“竣工”也是动宾组合的名词，按过去的解释是不能作为动词用的，但如今“竣工某某项目”的用法也代替了“某某项目竣工”，可能前者的用法在语气语调上更为有力吧，至于后者用法更规范已经不足道了。还有，“奉献青春”的说法没问题，而“奉献社会”的说法在语法分析时就会产生歧义，现在快节奏的社会，省掉一个介词“于”，也不再有人感到违和了。

我不知现代汉语老师如何解释上述种种语法现象，很有可能以“词性活用”来解释。倘若现代汉语语法一味迁就约定俗成的说法，语法将逐渐无法。无怪乎已经有人认为语法可以无师自通，提议取消汉语语法课了。如果再说到风行于网络的流行语，更使我们这些当年下功夫学过语法的人无立足之地矣。不过，古人讲过的“腹有诗书气自华”并不是文人的自娱之词，有点中文专业学习底子的人在一些场合是可以和同辈们掰扯上几句的。我在日本研修时接触到不少日文汉字，我知道它们不少都是从古代中国搬过去的，如“身元”二字，在日语的刑事用语中专指尸体的本来身份，此处的“元”字，恰合我国古代“原始原初”的词义。在我国，和现代科学有关的词，包括“身元”这个词在内，不少都是日语反哺过来的。 但是我们不知从何时起按照今人的解读将“身元”改成有现代汉语意味的“身源”，这就反而失去了令人寻味的古义，而日语的“身元”恰恰更能体现中国老祖宗语言的风味，经此改动，我们如今的语言反而沦为山寨的了。 我曾经和刑事侦查人员认真地解释过这个词的不伦不类，希望回归到原来的写法，或者不怕粗俗，干脆一改到底改成“尸源”，但他们不甚理解，反而觉得“元”不如“源”更直白，加之全国都已通用，人心不古势难违，由此也就只能继续让日文去诠释本属于中国的语言文字了。

随着高等教育的普及和蓬勃发展，大学生已成为劳动大军的主体力量，而业余大学必将带着昔日辉煌和那个时代的特殊印记载入历史，但特殊的时代、特殊的人群和特殊的渴求是不会被人遗忘且难以复制的，所以弥足珍贵。

有一位长者曾对我说，你们是那个年代挣扎出来的一批人。我们这些人很多是小学未毕业就遇上了“文革”，正值就学的年龄又丧失了正轨就读的机会，时代给了我们不做苦学读书郎的理由，然而我们没放弃对知识的追求。

当时有一篇刊登在《中国青年》杂志上的文章将我们称作“合金钢”，意思是具有耐磨的韧性。 是的，我们有挣扎出来的自豪之情，而无自夸自傲之心，在困境中有剑走偏锋之智，而无投机取巧之诈。 我们相信一份耕耘一份收获，在得不到机会垂青时，懂得随遇而安随方就圆，而又不失做人的本分。

时过境迁，回首过往，我们这代人又是十分幸运的，虽然经受过磨难，但是没有遭遇过战争，虽然在芳华年代生活不富足，但是我们这六十年左右的人生却阅尽以往社会几百年都不曾有过的沧桑巨变。

一路走来，我们都无可选择地进入到回首往事津津乐道的老年时节，抚今追昔，我感恩业大老师当年给我们知识的阳光雨露，感恩同学之间惺惺相惜的友爱之情，感恩岁月对我们意志的磨砺，感恩所有助过我们一臂之力的前辈和同侪……

在文教用品公司的岁月里

乒乓球拍厂的上级单位是上海文教用品公司，我刚进厂时文教公司还隶属于上海市轻工业局。当时的文教公司下面有一百多家企业，因为小企业多，在计划经济时代，政府行政管理的委、办、局从便于管理出发，将所辖企业归类拆并、重新排列组合是常有的事。我们公司里英雄金笔厂，中国铅笔一厂、二厂，圆珠笔厂等企业虽说也是纯正的文教用品生产企业，可因为机械化程度较高被划出，单独成立一个制笔公司，留在了轻工业局，其余则划到手工业局。让人略感安慰的是，同时将颇有手工小作坊意味的手工业局改名为第二轻工业局。

若按现时的理念，凡是和生活日用品相关的物件，一旦打上"纯手工制作"的印记，其身价就提高了。可那时只要说到手工，似乎就代表着原始落后，正所谓此一时彼一时也。经此行政手段一拨拉，钢笔铅笔圆珠笔等笔类好像就不是文教用品了，经过行政手术的文教公司尽管还是县团级单位，但产品门类只剩下乐器、体育器材、纸制品、美术颜料、订书机、卷笔刀、扑克牌等文具和文化娱乐产品了，厂家倒还有四十九家，不过从行政性公司的命名而言，称为文体用品公司可能更名正言顺一些。此为戏言。

我们公司办公的地点在南京东路繁华地段，与上海人熟知的中央商场为邻。中午时分，大家拿着自己专属的两个搪瓷饭碗，到斜对面的二轻局食堂打饭吃。那会儿，总能看到一群坐办公室的人，拿着各式碗筷穿过南京路四川路的横道线，走到对面大楼里去，俨然成为南京路游客眼中一道异样的风景线。饭后，这群人又穿过横道线到中央商场里闲逛一圈，有事没事的在修理旧乒乓板、羽毛球拍的铺子前驻足瞧瞧，再到电器、日用五金等铺子上看看有否自己需要的便宜货，再乘一部老式电梯回到办公室上班。

我在担任公司团委书记时，公司党委宣传部、工会、团委在一间办公室里办公，各司其职，相处和谐，合作愉快，工作上大家有商有量，互相支持。一个部门开会，中间没有隔断，其他两个部门义务“旁听”；碰到三个部门同时开会，只能各说各的，犹如合唱里的轮唱，竟然互不影响。公司的党委书记、副书记都有长者之风，对我这个二十七八岁的毛头小伙子关爱有加，工作上大胆放手，给足空间，很少给予批评指责，基本上都是鼓励和支持之词。

我们公司有一万八千名左右职工，但当时官衔称谓却比现时低调得多，公司行政一把手就是经理，前面并没有一个吓唬人的撑门面的“总”字。

为了让团委当好党委的助手、行政的帮手，党委会和行政办公会我都能列席参加，因此对公司的工作重点、难点十分清楚。通过和公司领导的近距离接触，也耳濡目染地学到了领导们的一些工作方法。

当年的民族工业界虽然基础薄弱，但都是抱着“有条件要上，没有条件创造条件也要上”的积极心态，都有对标世界名牌、赶超世界一流的雄心壮志。在经理办公会上说得最多的话题，不外乎产品的质量和开拓海外市场，如我们的聂耳牌钢琴和斯坦威立式三角钢琴之间的差距，我们的小提琴和世界上斯特拉迪瓦里等十大提琴品牌的差距，我们的马利牌美术颜料和英国的温莎牛顿、德国的辉柏嘉、日本的樱花牌颜料之间的差距。对于这些发轫于西洋的产品，我们要赶超难度很大，首先确立保持国内一流这个小目标，于是有一段时间大家就把目标聚焦到自以为有实力的纸制品扑克牌上。我们既然能生产出国内一流的照相簿、集邮册，逻辑上也能生产出一流的扑克牌，目标就是进得了国外的赌场和酒楼。可惜的是当时内贸和外贸中生产和销售是分系统管理的，生产商获得的市场信息都是隔手账，我们的产品在国外市场的销售价格、用户反应等信息的获取基本上依赖于一家叫“沪百文批”的外贸单位。作为生产部门，产品远销海外，而我们连买家长什么模样也不知道。直到改革开放后，我们生产部门才拥有了本该有的出口经销权，也正得益于改革开放，我们公司有了一些闻名于世的产品，如我的母厂的红双喜乒乓球拍、上海乒乓球厂的红双喜乒乓球，上海体育器材三厂的红双喜乒乓球台。“红双喜”品牌已发展出了完整的体育用品产品线，尤其是乒乓球已经有了世界质量标准的话语权。又如，“敦煌牌”民族乐器系列的古筝琵琶等在国际国内都享有独一份的声誉。

在公司团委工作的那段日子里，我逼着自己像工蜂一样地忙碌，因为从小到大，长辈们和领导们耳提面命讲的最多的就是少壮不努力，老大徒伤悲。我除了每天的工作日程排满以外，还要求自己每天写一篇和青年工作有关的短文。如今重新翻开三十多年前的手稿，一篇篇读来，在那些业已发黄的故纸堆里寻到了青春的自我，那是一个带着青涩却充满蓬勃朝气的自我。我在1981年工作手册的扉页上看到一段自勉的话：你必须保持忙碌，每天不放过自己，革命者之所以永远是年轻，因为他们充满激情地忙碌着。的确，忙碌是一味良药，它让身体始终满溢着正能量。80年代初，我二十出头的年纪写的稿件大多是青年工作的一些碎片性的思考，如《团干部的知识结构和行为研究》《冷棒与热捧》《由姿三四郎所想起》《从民族文化的异同看中美管理之间的一些差异》等等，那段时间里我经常向《上海团讯》那本朴素无华的小册子投稿，被录用的文章有《描红、临帖、自成一体》，其中谈了团的工作如何在模仿中创新；《与其铺之，不如破之》，则谈了工作的作风问题；《谈谈团工作中的度量衡》讲了思想方法和工作方法的体会等。在此，信手翻来，摘取几段：

描红、临帖、自成一体

大凡毛笔字都经过三个阶段，第一步描红，第二步临帖，第三步自成一体。团干部接触团工作也有这样一个由浅入深、从不自觉到自觉的过程。

初次接触团工作时一般也是描红，进入临帖阶段的团干部，思想认识开始向理性上升，开始追求神似，学会了把上级团委的工作精神和先进单位的工作经验同本单位的实际情况相结合，逐步进入自成一体的境界，创造出自己的新经验和新方法，这样的团干部就是比较成熟的团干部了。

现在有相当数量的团干部还是描红式的团干部，一年到头工作做了不少，也小有成绩，但倘若工作缺少独创精神，有时简单的描红也会走样，因为他们学习别人的经验不是学其精髓，只是照搬照套，依样画葫芦而已。

我们团干部不能满足于描红式的思想方法和工作方法，而要有创造性的意识和能力，只有这样，才能开创出百花齐放的工作新局面。

与其铺之，不如破之

一年一度的团的工作总结和考核实在是一次检阅，检查者和被检查者都会在团工作的成果中感到鼓舞，感到激动，感到团的力量。但时过境迁，在同一个基层团组织中，我们又会听到反映说存在的一些老问题没有解决。是总结的成果不实在吗？好像不是，因为这些事情毕竟是都做了而已，却缺少一抓到底、深耕细作的精神。

基层的工作是繁重的，辛辛苦苦到年底，没有功劳也有苦劳，没有苦劳也有疲劳，这一点我们要加以肯定，然而感情终究代替不了理智。冷静下来，将一些代表着团工作成果的流水账放开，就会发现不少基层单位的流水账中缺少自己的拳头产品，大量的却是半成品和合作加工的零件。

产生以上情况既有客观原因，也有主观因素。客观上有的上级团委向基层布置工作时，对基层的承受量欠考虑，各项下达的任务都要考核，而考核又偏重于量而偏轻于质，这就容易将基层团委的力量导向工作量的铺开，而不注重质的深化。从主观上而言，有的基层团委工作没有总体布局的概念，缺少整体的工作思路，习惯于面面俱到，结果是一面也不到。

随着团的自身改革的展开，兼职团干部的队伍会有所扩大，这意味着不少团干部的工作时间将在八小时之外。有限的时间如何使用？物理学上有个概念，受力面积越小，压强就越大，将太阳光聚焦可以使火柴自燃，将水管的口径缩小，同样的水量能产生更大的冲力。自然界的种种现象启示我们，基层团工作要提高效益就不能贪多求广，沉湎于铺的气势，相反应该实事求是，精选项目，突出重点，将工作的口径缩小一些，使之具备突破性的功力。实践证明，与其把面上的工作铺得很开，还不如集中力量，点上突破，干一事成一事，是百分之一百的成功，多干事而一事无成，效益为零。如果各行各业的团干部都有这种认识，那么我们整体工作将会有一个质的提升。

工作之余写稿实际上是训练自己的理性思考能力，能促使自己带着正确的理念去工作，做一个自觉的工作者，而不是忙碌但盲目的人。那时我的自我要求是既成为一个充满激情的行动者，又成为一个勤于探究的思考者。事实上，这个年轻时的认识贯穿了我职业生涯的全过程，并让自己因此受益。

那段时间里，我骑着一部“老坦克”，不论冬寒夏暑，天晴天雨，在几十家企业里穿梭，所以上海市区的道路方位都变得十分熟悉，并以此为荣，乐在其中。在青年人的思想教育上，我和团委其他同志们都曾经绞尽脑汁，希望具有思想性和吸引力。时过三十多年，往事依稀成碎片，记得我们要求各厂开展“保名牌、创名牌”的主题教育活动，如上海钢琴厂就进行了“生产聂耳牌钢琴，做聂耳一样的人”的活动，做到了“一厂一品”，各具特色。在思想教育的引领下，团委开展了岗位建功活动，要求团员青年立足本职开展小发明、小革新、小创造，提出小建议等，将年轻人渴望成才的主观愿望和企业的发展大局结合起来，与此同时一批基层团干部也成长了起来，其中不少青年伙伴后来都成为了企业的党政领导人。

我深知年轻人天然对新事物具有好奇心和敏感性，团的工作必须善于创新，团干部必须有新思想，所以对基层团干部的培训显得尤为重要。散落在平时的工作交流，基本上是工作案例的交流，而产生案例的新思路才是值得敲黑板的关键点，一旦团干部有了切合实际的奇思妙想，就不愁没有好主意。由此我感到最重要的培训应该是思想方法和工作方法的培训，而又以思想方法为重中之重，因为只有有了正确和科学的思想方法，才能对事物有洞见能力，才会产生科学有效的工作方法。

那时恰逢思维方法训练在社会上兴起，我就在团训班里倡导发散性思维的训练。拿日本人开发孩子思维的趣味题来说事，如孩子们玩的皮球掉洞里了，怎么样做才能继续玩？一个孩子说将水灌进洞里，让皮球浮起来。老师说不行，那洞是漏的。一个孩子接着说拿钳子把它钳出来，老师说不行，那洞是弯的。再一个孩子说把洞砸开，老师说不行，水泥地板太厚砸不开。正当大家无计可施时，一个孩子大大咧咧地站起来嚷嚷道，那球不要了，我回家让妈妈再买一个。结果这孩子的另类思维得到老师的表扬。讲这个例子的目的是试图让年轻的同事们敢于突破常规思维的窠臼，善于创新工作方式。

我们当时还讲到了日本人的一些小产品，其亮点并非是对老产品的推倒重来，而只是在老产品上加一加或减一减，如橡皮铅笔就是在原来的光杆铅笔上加了一个橡皮头、在指甲钳上加一个套子使得剪指甲时不会碎指甲四溅，以此启发团干部打破习惯性思维，力求思路创新。我还结合自己在基层多年的工作经历，写了“如何做好基层团干部”的课件，在不同场合宣讲。这样的讲课与其说是授人以渔，不如说是在不断锤炼自己的理性思维能力，对自己而言是一个从感性到理性、从理性又回到实践的自我培训，所谓教学相长，此言不虚。

时间到了1983年底，上海经过“文革”后的清理整顿，站在了新的发展起点上，需要加速培养一大批继往开来的中青年干部，作为公司党委副书记的我，自感力不能及，二十九岁年纪轻轻，何能担当大任。记得局党委书记和我谈话时说，你是工业系统最年轻的处级干部了，语调之中充满了长者对后辈的殷切之情和关爱之心，那眼神和语气至今让我感动得难以忘怀。

在文教公司工作的几年时间里，还值得追忆的是有半年时间跟随市委党风调查组进驻轻工业局工作及回公司以后，党委让我做组长带队到上海钢琴厂进行党风调查的经历。

1981年，市委根据中央的要求，在“拨乱反正”的基础上进一步解决“文革”后“三个不足”的问题，并相应地开展端正思想路子、配好领导班子、选好优秀苗子的工作。我被选到了执行这些工作的市委党风调查组。市委联络组的集训中，我有机会接触到了一大批经验丰富的中老年领导干部，听到的话、接触到的人、讨论的事都和我以往的经历大相径庭，开阔了我的眼界，丰富了我的阅历，提高了我的思想站位。参加市里的集训，印象最深的是听取周克老部长那富有思想和哲理的报告。他的讲话高屋建瓴，站位高立意深，讲话语气又不疾不徐，娓娓道来，虽仅有一讲话提纲，但即使两三个小时讲下来，始终思路清晰，逻辑严密。布置工作任务也是交代得有条不紊。从老部长那里我进一步学习了领导干部应有的思想方法，对自己思想水平的提高大有裨益。我所在的党风调查组，老中青三结合，既有离休老干部，又有中年骨干，我是最年轻的，深切感受到了大家对我的关心爱护。我们在轻工业局蹲点工作半年，从调查研究入手走访了各行业的基层厂家，又找了有关公司和厂家的领导了解情况，还选拔考察年轻干部，写出提拔年轻干部的考察建议报告。阅历、经历锤炼着能力，使我感受到了在成员思想不一致、心气不顺的工作环境里如何打开局面的方法。

回到公司后，公司党委认为我有了市里工作的经历，给了我又一次实际工作锻炼的机会，让我当组长带着七位同志到公司下的大厂上海钢琴厂开展工作。时年二十七岁的我，和一位五十多岁的老同志搭档，这样老少配的正副组长走马上任了。在钢琴厂工作的三个月中，我以虚心、认真、勤勉、中肯、实事求是的工作态度取得了全组和工作单位的领导及同志们的支持，顺利地完成了任务。这一段的工作经验特别宝贵，成为我在基层岗位上很重要的一次历练。

与在战火纷飞年代里走过来的前辈们相比，我辈没有经历过那些惊心动魄、生离死别的人生坎坷和磨难。尽管如此，每个时代总能给那个时代的人留下些许人生的追忆，将这份属于个人的追忆记录下来还是很有趣味的事情。

后记

写后记，总要写一些和本书相关却又在书中没有交代的事情，而提笔之际，一时又觉得没有什么需要特别赘述的事项。

我是喝着黄浦江的水长大的，对上海这个被称为“魔都”的城市自然有一份特殊的感情。我明白，人的怀旧并非是因为旧时岁月静好，而是因为那时自己年轻。曾听一个作家朋友说起过，到了一定年龄的人若有兴笔谈，合适写些随笔之类的文字。不是吗？抚今追昔，让思绪信马由缰地在心中溜达，将自己的一些所思、所念、所想、所悟写下来，也是一种快乐的休闲方式。

没记错的话，好像是余光中先生说过，世界上所有的事情都是忙出来的，只有文化是闲出来的。平时忙中偷闲其实不是真闲，那只是忙碌节奏里的一个逗号。真当有闲的时候，才会有时间、有情趣地，甚至带着几分诗意的心情去品味过往，才会转换视角去慢慢咀嚼业已翻篇的那些年那些事。

写到一座城市，总要写到一些人，一些事。写事，有真实性的原则放在那里，而写人难免见仁见智，于是我尽量写自己熟悉的朋友，写看着我成长的长者，写我的长辈亲人，这样，即使写得不恰当，他们也许也不会苛求于我、怪罪于我。

于是，当闲来无事之时，我愿意在夕阳的余晖中，让往事在心中浮沉，邀长辈亲人在自己的冥思遐想中相聚，与故交旧友在自己的追思忆往中碰头，在忆及的看似平凡琐事里咀嚼出一些有文化意味的东西来，在思绪能触摸到的人脉中，感受着比以往更深切的那份亲情……

时光荏苒，以往的那些年纵有缺憾也不能重来，历经的那些事无论甘苦，都成就了如今自己的模样。

行笔至此，要签署日期了。看了眼日历，不禁一阵喜悦，今天是 520，是年轻人表达情感的浪漫日子。借此好日子，我也要在心里对曾经的岁月说声：我爱你！

于二〇一九年五月二十日

图书在版编目(CIP)数据

那些年,那些事/张学兵著.—上海:上海辞书出版社,2019

ISBN 978-7-5326-5373-7

Ⅰ.①那…　Ⅱ.①张…　Ⅲ.①散文集-中国-当代
Ⅳ.①I267

中国版本图书馆 CIP 数据核字(2019)第 118511 号

那些年,那些事

张学兵　著

责任编辑　刘寅春
装帧设计　杨钟玮

出版发行　上海世纪出版集团
上海辞书出版社(www.cishu.com.cn)
地　　址　上海市陕西北路 457 号(邮编　200040)
印　　刷　上海中华印刷有限公司
开　　本　787×1092 毫米　1/32
印　　张　9.5
字　　数　179 000
版　　次　2019 年 8 月第 1 版　2019 年 8 月第 1 次印刷
书　　号　ISBN 978-7-5326-5373-7/I·439
定　　价　60.00 元

本书如有质量问题,请与承印厂联系。电话:021-69213456